AF469900

PENSÉES

DE

J. J. ROUSSEAU,

CITOYEN DE GENÈVE.

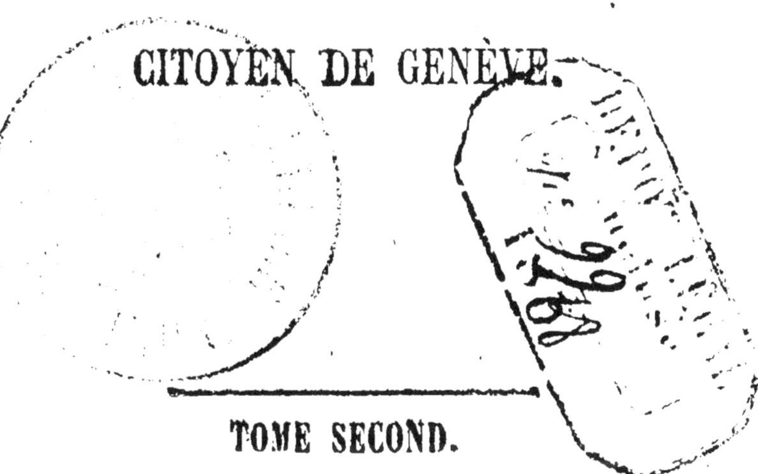

TOME SECOND.

AVIGNON,

OFFRAY AINÉ, IMPRIMEUR-LIBRAIRE,
Place St.-Didier, 11.

PENSÉES

DE

J. J. ROUSSEAU.

SENS.

Les premières facultés qui se forment et se perfectionnent en nous, sont les Sens. Ce sont donc les premières qu'il faudrait cultiver : ce sont les seules qu'on oublie, ou celles qu'on néglige le plus.

Exercer les Sens n'est pas seulement en faire usage, c'est apprendre à bien juger par eux ; c'est apprendre, pour ainsi dire, à sentir : car nous ne savons ni toucher, ni voir, ni entendre que comme nous avons appris.

La meilleure manière d'apprendre à bien juger, est celle qui tend le plus à simplifier nos expériences, et à pouvoir même nous en passer sans tomber dans l'erreur. D'où il suit qu'après avoir longtemps vérifié les rapports des Sens l'un par l'autre, il faut encore apprendre à vérifier les rapports de chaque Sens par lui-même, sans avoir besoin de recourir à un autre Sens ; alors chaque sensation deviendra pour nous une idée, et cette idée sera toujours conforme à la vérité.

Nous ne sommes pas également maîtres de l'usage de tous nos Sens. Il y en a un, savoir le toucher, dont l'action n'est jamais suspendue durant la vie ; il a été répandu sur la surface entière de notre corps, comme une garde continuelle, pour nous avertir de tout ce qui peut l'offenser. C'est aussi celui dont, bon gré malgré, nous acquérons le plutôt l'expérience par cet exercice continuel, et auquel par conséquent nous avons moins besoin de donner une culture particulière. Cependant nous observons que les aveugles ont le tact plus sûr et plus fin que nous, parce que n'étant pas guidés par la vue, ils sont forcés d'apprendre à tirer uniquement du premier Sens les jugemens que nous fournit l'autre.

Quoique le toucher soit de tous nos Sens celui dont nous avons le plus continuel exercice, ses jugemens restent pourtant imparfaits et grossiers, plus que ceux d'aucun autre, parce que nous mêlons continuellement à son usage celui de la vue, et que l'œil atteignant à l'objet plutôt que la main, l'esprit juge presque toujours sans elle. En revanche les jugemens du tact sont les plus sûrs, précisément parce qu'ils sont les plus bornés, car ne s'étendant qu'aussi loin que nos mains peuvent atteindre, ils rectifient l'étourderie des autres Sens, qui s'élancent au loin sur des objets qu'ils aperçoivent à peine, au lieu que tout ce qu'aperçoit le toucher, il l'aperçoit bien. Ajoutez que, joignant, quand il nous plaît, la force des muscles à l'action des nerfs, nous unissons, par une sensation simultanée, au jugement de la température, des grandeurs, des figures, le jugement du poids et de la solidité ; ainsi le toucher, étant de tous les Sens celui qui nous instruit le mieux de l'impression que les corps étrangers peuvent faire sur le nôtre, est celui dont l'usage est le plus fréquent, et nous donne le plus immédiatement la connaissance nécessaire à notre conservation.

Autant le toucher concentre les opérations autour de l'homme, autant la vue étend les siennes au-delà de lui : c'est là ce qui rend celles-c trompeuses : d'un coup-d'œil un homme embrasse la moitié de son horizon. Dans cette multitude de sensations simultanées et de jugemens qu'elles excitent, comment ne se tromper sur aucun ? Ainsi la vue est de tous nos Sens le plus fautif, précisément parce qu'il est le plus étendu, et que, précédant de bien loin tous les autres, ses opérations sont trop promptes et trop vastes, pour pouvoir être rectifiées par eux. Il y a plus, les illusions mêmes de la perspective nous sont nécessaires pour parvenir à en connaître l'étendue et à comparer ses parties. Sans les fausses apparences, nous ne verrions rien dans l'éloignement ; sans les gradations de grandeur et de lumière, nous ne pourrions estimer aucune distance, ou plutôt il n'y en aurait point pour nous. Si de deux arbres égaux, celui qui est à cent pas de nous, nous paraissait aussi grand et aussi distinct que celui qui est à dix, nous les placerions à côté l'un de l'autre. Si nous apercevions toutes les dimensions des objets sous leur véritable mesure, nous ne verrions aucun espace, et tout nous paraîtrait sur notre œil.

La vue et le toucher s'appliquent également sur les corps en repos et sur les corps qui se meuvent ; mais comme il n'y a que l'ébranlement de l'air qui puisse émouvoir le sens de l'ouïe, il n'y a qu'un corps en mouvement qui fasse du bruit ou du son, et si tout était en repos, nous n'entendrions jamais rien. La nuit donc où, ne nous mouvant nous-mêmes qu'autant qu'il nous plaît, nous n'avons à craindre que les corps qui se meuvent, il nous importe d'avoir l'oreille alerte, de pouvoir juger par la sensation qui nous frappe, si le corps qui la cause est grand ou petit, éloigné ou proche, si son ébranlement est violent ou faible. L'air ébranlé est sujet à des répercussions qui le réfléchissent, qui, produisant des échos, répètent la sensation, et font entendre le corps bruyant ou sonore en un autre lieu que celui où il est. Si dans une plaine, ou dans une vallée, on met l'oreille à terre, on entend la voix des hommes et le pas des chevaux, de beaucoup plus loin qu'en restant debout.

Nous avons un organe qui répond à l'ouïe, savoir, la voix ; nous n'en avons pas de même qui réponde à la vue, et nous ne rendons pas les couleurs comme les sons. C'est un moyen de plus pour cultiver le premier Sens, en exerçant l'organe actif et l'organe passif l'un par l'autre.

Nous mourrions affamés ou empoisonnés, s'il fallait attendre, pour choisir les nourritures qui nous conviennent, que l'expérience nous eût appris à les connaître et à les choisir : mais la suprême bonté, qui a fait, du plaisir des êtres sensibles, l'instrument de leur conservation, nous avertit, par ce qui plaît à notre palais, de ce qui convient à notre estomac. Il n'y a point naturellement pour l'homme de médecin plus sûr que son propre appétit, et à le prendre dans son état primitif, je ne doute point qu'alors les alimens qu'il trouvait les plus agréables, ne lui fussent aussi les plus sains.

Il y a plus : l'auteur des choses ne pourvoit pas seulement aux besoins qu'il nous donne, mais encore à ceux que nous nous donnons nous-mêmes ; et c'est pour mettre toujours le désir à côté du besoin, qu'il fait que nos goûts changent et s'altèrent avec nos manières de vivre. Plus nous nous éloignons de l'état de nature, plus nous perdons de nos goûts naturels, ou plutôt, l'habitude nous fait une seconde nature, que nous substituons tellement à la première, que nul d'entre nous ne connaît plus celle-ci. Il suit de là, que les goûts les plus naturels doivent être les plus simples ; car ce sont ceux qui se transforment le plus aisément, au lieu qu'en s'aiguisant, en s'irritant par nos fantaisies, ils prennent une forme qui ne change plus. L'homme qui n'est encore d'aucun pays, se fera sans peine aux usages de quelque pays que ce soit ; mais l'homme d'un pays ne devient plus celui d'un autre.

De nos sensations diverses, le goût donne celles qui généralement nous affectent le plus. Aussi sommes-nous plus intéressés à bien juger des subsistances qui doivent faire partie de la nôtre, que de celles qui ne font que l'environner. Mille choses sont indifférentes au toucher, à l'ouïe, à la vue ; mais il n'y a presque rien d'indifférent au goût. De plus, l'activité de ce Sens est toute physique et matérielle : il est le seul qui ne dit rien à l'imagination, du moins celui dans les sensations duquel elle entre le moins, au lieu que l'imitation et l'imagination mêlent souvent du moral à l'impression de tous les autres. Aussi généralement les cœurs tendres et voluptueux, les caractères passionnés et vraiment sensibles, faciles à émouvoir par les autres Sens, sont-ils assez tièdes sur celui-ci.

Le Sens de l'odorat est au goût ce que celui de la vue est au toucher : il le prévient ; il l'avertit de la manière dont telle ou telle substance doit l'affecter, et dispose à la rechercher ou à la fuir, selon l'impression qu'on en reçoit d'avance.

L'odorat est le Sens de l'imagination : donnant aux nerfs un ton plus fort, il doit beaucoup agiter le cerveau ; c'est pour cela qu'il ranime un moment le tempérament et l'épuise à la longue. Il y a dans l'amour des effets assez connus. Le doux parfum d'un cabinet de toilette n'est pas un piège aussi faible qu'on le pense, et je ne sais s'il faut féliciter ou plaindre l'homme sage et peu sensible, que l'odeur des fleurs que sa maîtresse a sur le sein, ne fit jamais palpiter.

On peut admettre une espèce de sixième Sens, appellé Sens commun à tous les hommes, parce qu'il résulte de l'usage bien réglé des autres Sens, et qu'il nous instruit de la nature des choses par le concours de toutes leurs apparences. Ce sixième Sens n'a point par conséquent d'organe particulier ; il ne réside que dans le cerveau, et ses sensations, purement internes, s'appellent perceptions ou idées. C'est par le nombre de ces idées que se mesure l'étendue de nos connaissances ; c'est leur netteté, leur clarté qui fait la justesse de l'esprit ; c'est l'art de les comparer entr'elles qu'on appelle raison humaine. Ainsi ce que j'appelle raison sensitive ou puérile, consiste à former des idées simples par le concours de plusieurs sensations ; et ce que j'appelle raison intellectuelle ou humaine, consiste à former des idées complètes par le concours de plusieurs idées simples.

IDÉES.

La manière de former les idées est ce qui donne un caractère à l'esprit humain. L'esprit qui ne forme ses idées que sur des rapports réels est un esprit solide ; celui qui se contente de rapports apparens est un esprit superficiel ; celui qui voit les rapports tels qu'ils sont est un esprit juste ; celui qui les apprécie mal est un esprit faux ; celui qui controuve des rapports imaginaires qui n'ont ni réalité, ni apparence, est un fou ; celui qui ne compare point est un imbécile. L'aptitude plus ou moins grande à comparer des idées et à trouver des rapports est ce qui fait, dans les hommes, le plus ou le moins d'esprit.

Les idées simples ne sont que des sensations comparées. Il y a des jugemens dans les simples sensations, aussi bien que dans les sensations complexes que j'appelle idées simples. Dans la sensation, le jugement est purement passif ; il affirme qu'on sent ce qu'on sent. Dans la perception ou idée, le jugement est actif ; il rapproche, il compare, il déte^rmine des rapports que le sens ne détermine pas. Voilà toute la différence, mais elle est grande. Jamais la nature ne nous trompe : c'est toujours nous qui nous trompons.

LANGUES, ACCENT.

Les langues, en changeant les signes, modifient aussi les idées qu'ils représentent : les teintes se forment sur les Langues ; les pensées prennent la teinte des idiômes. La raison seule est commune ; l'esprit en chaque langue a sa forme particulière : différence qui pourrait bien être en partie la cause ou l'effet des caractères nationaux : et, ce qui paraît confirmer cette conjecture, est que, chez toutes les nations du monde, la langue suit les vicissitudes des mœurs et se conserve ou s'altère comme elles.

C'est peu de chose d'apprendre les Langues pour elles-mêmes, leur usage n'est pas si important qu'on croit ; mais l'étude des Langues mène à celle de la grammaire générale. Il faut apprendre le Latin pour savoir le Français ; il faut étudier et comparer l'un et l'autre, pour entendre les règles de l'art de parler.

La langue Française est, dit-on, la plus chaste des langues ; je crois, moi, la plus obscène ; car il me semble que la chasteté d'une langue ne consiste pas à éviter avec soin les tours déshonnêtes, mais à ne les pas avoir. En effet, pour les éviter, il faut qu'on y pense ; il n'y a point de langue où il soit plus difficile de parler purement en tous sens, que la française. Le lecteur, toujours plus habile à trouver des sens obscènes que l'auteur à les écarter, se scandalise et s'effarouche de tout. Comment ce qui passe par des oreilles impures ne contracterait-il pas leur souillure ? Au contraire, un peuple de bonnes mœurs a des termes propres pour toutes choses ; et ces termes sont toujours honnêtes, parce qu'ils sont toujours employés honnêtement. Il est impossible d'imaginer un langage plus modeste que celui de la Bible, précisément parce que tout y est dit avec naïveté. Pour rendre immodestes les mêmes choses, il suffit de les traduire en français.

Se piquer de n'avoir point d'accent, c'est se piquer d'ôter aux phrases leur grace et leur énergie. L'accent est l'âme du discours ; il lui donne le sentiment et la vérité. L'accent ment moins que la parole. C'est peut-être pour cela que les gens bien élevés le craignent tant. C'est de l'usage de tout dire sur le même ton qu'est venu celui de persiffler les gens, sans qu'ils le sentent. A l'Accent proscrit succèdent des manières de prononcer ridicules, affectées, et sujettes à la mode, telles qu'on les remarque surtout dans les jeunes gens de la Cour. Cette affectation de parole et de maintien est ce qui rend généralement l'abord du Français repoussant et désagréable aux autres nations. Au lieu de mettre de l'Accent dans son parler, il y met de l'air. Ce n'est pas le moyen de prévenir en sa faveur.

SIGNES.

Une des erreurs de notre âge est d'employer la raison trop nue, comme si les hommes n'étaient qu'esprit. En négligeant la langue des Signes qui parlent à l'imagination, l'on a perdu le plus énergique des langages. L'impression de la parole est toujours faible, et l'on parle au cœur par les yeux bien mieux que par les oreilles. En voulant tout donner au raisonnement, nous avons réduit en mots nos préceptes, nous n'avons rien mis dans les actions. La seule raison n'est point active ; elle retient quelquefois, rarement elle excite, et jamais elle n'a rien fait de grand. Toujours raisonner est la manie des petits esprits. Les ames fortes ont bien un autre langage : c'est par ce langage qu'on persuade et qu'on fait agir.

Dans les siècles modernes, les hommes n'ont plus de prise les uns sur les autres, que par la force et par l'intérêt ; au lieu que les anciens agissaient beaucoup plus par la persuasion, par les affections de l'ame, parce qu'ils ne négligeaient pas la langue des Signes. Toutes les conventions se passaient avec solennité pour les rendre plus inviolables.

Avant que la force fut établie, les Dieux étaient les magistrats du genre humain ; c'était par devant eux que les particuliers faisaient leurs traités, leurs alliances, prononçaient leurs promesses ; la face de la terre était le livre où s'en conservaient les archives. Des rochers, des arbres, des monceaux de pierre consacrés par ces actes, et rendus respectables aux hommes barbares, étaient les feuillets de ce livre, ouvert sans cesse à tous les yeux. *Le Puits du serment*, *le Puits du vivant et voyant*, *le vieux chêne de Mambré*, *le monceau du témoin*, voilà quels étaient les monumens grossiers, mais augustes, de la sainteté des contrats ; nul n'eût osé d'une main sacrilége attenter à ces monumens, et la foi des hommes était plus assurée par la garantie de ces témoins muets, qu'elle ne l'est aujourd'hui par la vaine rigueur des lois. Dans le gouvernement, l'auguste appareil de la puissance royale en imposait aux sujets. Des marques de dignité, un trône, un sceptre, une robe de pourpre, une couronne, un bandeau, étaient pour eux des choses sacrées. Ces signes respectés leur rendaient vénérable l'homme qu'ils en voyaient orné : sans soldats, sans menaces, sitôt qu'il parlait, il était obéi.

Le clergé Romain les a très-habilement conservés, et à son exemple quelques républiques, entr'autres celle de Venise. Aussi le gouvernement Vénitien, malgré la chûte de l'Etat, jouit-il encore, sous l'appareil de son antique majesté, de toute l'affection, de toute l'adoration du peuple ; et, après le Pape orné de sa tiare, il n'y a peut-être ni Roi, ni Potentat, ni homme au monde aussi respecté que le Doge de Venise, sans pouvoir, sans autorité, mais rendu sacré par sa pompe, et paré, sous sa corne Ducale, d'une coëffure de femme. Cette cérémonie du Bucentaure, qui fait tant rire les sots, ferait verser à la populace de Venise tout son sang pour le maintien de son tyrannique gouvernement.

Ce que les anciens ont fait avec l'éloquence est prodigieux, mais cette éloquence ne consistait pas seulement en beaux discours bien arrangés, et jamais elle n'eut plus d'effet que quand l'orateur parlait le moins. Ce qu'on disait le plus vivement ne s'exprimait pas par des mots, mais par des Signes ; on ne le disait pas, on le montrait. L'objet qu'on expose aux yeux ébranle l'imagination, excite la curiosité, tient l'esprit dans l'attente de ce qu'on va dire, et souvent cet objet seul a tout dit. Trasibule et Tarquin coupant des têtes de pavots, Alexandre appliquant son sceau sur la bouche de son favori, Diogène marchant devant Zénon, ne parlaient-ils pas mieux que s'ils avaient fait de longs discours? Quel circuit de paroles eût aussi bien rendu les mêmes idées? Darius, engagé dans la Scythie avec son armée, reçoit de la part du roi des Scythes un oiseau, une grenouille, une souris et cinq flèches. L'Ambassadeur remet son présent, et s'en retourne sans rien dire. De nos jours cet homme eût passé pour fou. Cette terrible harangue fut entendue; Darius eut grande hâte de regagner son pays comme il put. Substituez une lettre à ces Signes; plus elle sera menaçante, et moins elle effrayera : ce ne sera qu'une fanfaronnade dont Darius n'eût fait que rire.

Que d'attentions chez les Romains à la langue des Signes! des vêtemens divers selon les âges, selon les conditions; des toges, des sayes, des prétextes, des bulles, des laticlaves, des chaînes, des licteurs, des faisceaux, des haches, des couronnes d'or, d'herbes, de feuilles, des ovations, des triomphes : tout chez eux était appareil, représentation, cérémonie, et tout faisait impression sur les cœurs des citoyens. Il importait à l'État que le peuple s'assemblât en tel lieu plutôt qu'en tel autre; qu'il vît ou ne vît pas le capitole; qu'il fût ou ne fût pas tourné du côté du Sénat; qu'il délibérât tel ou tel jour par préférence. Les accusés changeaient d'habit, les candidats en changeaient ; les guerriers ne vantaient par leurs exploits ; ils montraient leurs blessures. A la mort de César, j'imagine, un de nos orateurs, voulant émouvoir le peuple, épuisait tous les lieux communs de l'art pour faire une pathétique description de ses plaies, de son sang, de son cadavre ; Antoine, quoiqu'éloquent, ne dit point tout cela : il fait apporter le corps. Quelle réthorique !

PLAISIRS, AMUSEMENS.

Les plaisirs exclusifs sont la mort du plaisir.

L'art d'assaisonner les plaisirs n'est que celui d'en être avare.

S'abstenir pour jouir, c'est l'épicuréisme de la raison.

Le plaisir n'est légitime, même dans le mariage, que quand le désir est partagé.

Jamais les cœurs sensibles n'aimèrent les plaisirs bruyans : vain et stérile honneur des gens qui ne sentent rien, et croyent qu'étourdir la vie c'est en jouir.

Le vérité des désirs vient de celle des connaissances, et les premiers plaisirs qu'on connaît sont long-temps les seuls qu'on recherche.

Le plaisir qu'on veut avoir aux yeux des autres est perdu pour tout le monde : on ne l'a ni pour eux ni pour soi.

Les vrais amusemens sont ceux qu'on partage avec le peuple ; ceux qu'on veut avoir à soi seul, on ne les a plus.

Le ridicule, que l'opinion redoute sur toute chose est toujours à côté d'elle pour la tyranniser et pour la punir. On n'est jamais ridicule que par des formes déterminées : celui qui sait varier ses situations et ses plaisirs efface aujourd'hui l'impression d'hier, et il est comme nul dans l'esprit des hommes, mais il jouit; car il est tout entier à chaque heure et à chaque chose.

Tout ce qui tient aux sens, et n'est pas nécessaire à la vie, change de nature aussitôt qu'il tourne en habitude. Il cesse d'être un plaisir en devenant un besoin ; c'est à la fois une chaîne qu'on se donne, et une jouissance dont on se prive. Prévenir toujours les désirs n'est pas l'art de les contenter, mais de les éteindre.

Changeons de goût avec les années, ne déplaçons pas plus les âges que les saisons : il faut être soi dans tous les temps, et ne point lutter contre la nature ; ces vains efforts usent la vie, et nous empêchent d'en user.

THÉATRE.

C'est au théâtre qu'il faut aller étudier, non les mœurs, mais le goût ; c'est là surtout qu'il se montre à ceux qui savent réfléchir. Le Théâtre n'est pas fait pour la vérité ; il est fait pour flatter, pour amuser les hommes : il n'y a point d'école où l'on apprenne si bien l'art de leur plaire et d'intéresser le cœur humain.

L'étude du Théâtre mène à celle de la poésie ; elles ont exactement le même objet.

Le mal qu'on reproche au Théâtre n'est pas précisément d'inspirer des passions criminelles ; mais de disposer l'ame à des sentimens trop tendres qu'on satisfait ensuite aux dépens de la vertu. Les douces émotions qu'on y ressent n'ont pas par elles-mêmes un objet déterminé, mais elles en font naître le besoin ; elles ne donnent pas précisément de l'amour, mais elles préparent à en sentir ; elles ne choisissent pas la personne qu'on doit aimer, mais elles nous forcent à faire ce choix. Quand il serait vrai qu'on ne peint au Théâtre que des passions légitimes, s'en suit-il de là que les impressions en sont plus faibles, que les effets en sont moins dangereux ? comme si les vives images d'une tendresse innocente étaient moins douces, moins séduisantes, moins capables d'échauffer un cœur sensible, que celles d'un amour criminel, à qui l'horreur du vice sert au moins de contre-poison. Quand le praticien Manilius fut chassé du sénat de Rome pour avoir donné un baiser à sa femme en présence de sa fille, à ne considérer cette action qu'en elle-même, qu'avait-elle de répréhensible ? Rien, sans doute : elle annonçait même un sentiment louable ; mais les chastes feux de la mère en pouvaient inspirer d'impurs à la fille. C'était donc d'une action fort honnête faire un exemple de corruption. Voilà l'effet des amours permis du Théâtre.

Si les héros de quelques pièces soumettent l'amour au devoir, en admirant leur force, le cœur se prête à leur faiblesse : on apprend moins à se donner leur courage qu'à se mettre dans le cas d'en avoir besoin. C'est plus d'exercice pour la vertu ; mais qui l'ose exposer à ces combats mérite d'y succomber. L'amour, l'amour même prend son masque pour la surprendre ; il se pare de son enthousiasme, il usurpe sa force, il affecte son langage, et, quand on s'aperçoit de l'erreur, qu'il est tard pour en revenir ! Que d'hommes bien nés, séduits par ces apparences, d'amans tendres et généreux qu'ils étaient d'abord, sont devenus par dégré de vils corrupteurs, sans mœurs, sans respect pour la foi conjugale, sans égards pour les droits de la confidence et de l'amitié ! Heureux qui sait se reconnaître au bord du précipice, et s'empêcher d'y tomber ! Est-ce au milieu d'une course rapide qu'on doit espérer de s'arrêter ? Est-ce en s'attendrissant tous les jours qu'on apprend à surmonter la tendresse ? On triomphe aisément d'un faible penchant ; mais celui qui connut le véritable amour et l'a sû vaincre, ah ! pardonnons à ce mortel, s'il existe, d'oser prétendre à la vertu.

S'il est vrai qu'il faille des amusemens à l'homme, il faut convenir au moins qu'ils ne sont permis qu'autant qu'ils sont nécessaires, et que tout amusement inutile est un mal pour un être dont la vie est si courte et le temps si précieux. L'état d'homme a ses plaisirs, qui dérivent de sa nature, et naissent de ses travaux, de ses rapports, de ses besoins ; et ces plaisirs, d'autant plus doux que celui qui les goûte a l'ame plus saine, rendent quiconque en sait jouir peu sensible à tous les autres. Un père, un fils, un mari, un citoyen, ont des devoirs si chers à remplir, qu'ils ne leur laissent rien à dérober à l'ennui : mais c'est le mécontentement de soi-même, c'est le poids de l'oisiveté, c'est l'oubli des goûts simples et naturels, qui rendent si nécessaire un amusement étranger. Je n'aime point qu'on ait besoin d'attacher incessamment son cœur sur la scène, comme s'il était mal à son aise au dedans de nous. La nature même a dicté la réponse de ce barbare, à qui l'on vantait la magnificence du cirque et des jeux établis à Rome. *Les Romains*, demanda ce bon-homme, *n'ont-ils ni femmes ni enfans*? Le barbare avait raison. L'on croit s'assembler au spectacle, et c'est là que chacun s'isole, c'est la qu'on va oublier ses amis, ses voisins, ses proches, pour s'intéresser à des fables, pour pleurer les malheurs des morts, ou rire aux dépens des vivans.

L'homme ferme, prudent, toujours semblable à lui-même, n'est pas facile à imiter sur le Théâtre, et quand il le serait, l'imitation, moins variée, n'en serait pas agréable au vulgaire; il s'intéresserait difficilement à une image qui n'est pas la sienne, et dans laquelle il ne reconnaîtrait ni ses mœurs, ni ses passions. Jamais le cœur humain ne s'identifie avec des objets qu'il sent lui être absolument étrangers. Aussi l'habile poëte, le poëte qui sait l'art de réussir, cherchant à plaire au peuple et aux hommes vulgaires, se garde bien de leur offrir la sublime image d'un cœur maître de lui, qui n'écoute que la voix de la sagesse; mais il charme les spectateurs par des caractères toujours en contradiction, qui veulent et ne veulent pas, qui font retentir le Théâtre de cris et de gémissemens; qui nous forcent à les plaindre, lors même qu'ils font leur devoir, et à penser que c'est une triste chose que la vertu, puisqu'elle rend ses amis si misérables. C'est par ce moyen, qu'avec des imitations plus faciles et plus diverses, le poëte émeut et flatte davantage les spectateurs.

Cette habitude de soumettre à leurs passions les gens qu'on nous fait aimer, altère et change tellement nos jugemens sur les choses louables, que nous nous accoutumons à honorer la faiblesse d'ame sous le nom de sensibilité, et à traiter d'hommes durs et sans sentiment, ceux en qui la sévérité du devoir l'emporte, en toutes occasions, sur les affections naturelles. Au contraire, nous estimons comme gens d'un bon naturel ceux qui, vivement affectés de tout, sont l'éternel jouet des événemens ; ceux qui pleurent comme des femmes la perte de ce qui leur fut cher ; ceux qu'une amitié désordonnée rend injustes pour servir leurs amis ; ceux qui ne connaissent d'autre règle que l'aveugle penchant de leur cœur ; ceux qui, toujours loués du sexe qui les subjugue et qu'ils imitent, n'ont d'autres vertus que leurs passions, ni d'autre mérite que leur faiblesse. Ainsi l'égalité, la force, la constance, l'amour de la justice, l'empire de la raison, deviennent insensiblement des qualités haïssables, des vices que l'on décrie. Les hommes se font honorer par tout ce qui les rend dignes de mépris ; et ce renversement des saines opinions est l'infaillible effet des leçons qu'on va prendre au Théâtre.

De quelque sens qu'on envisage le Théâtre, dans le tragique ou le comique, on voit toujours que, devenant de jour en jour plus sensible par amusement et par jeu à l'amour, à la colère, et à toutes les autres passions, nous perdons toute force pour leur résister quand elles nous assaillent tout de bon ; et que le Théâtre animant et fomentant en nous les dispositions qu'il faudrait contenir et réprimer, il fait dominer ce qui devrait obéir. Loin de nous rendre meilleurs et plus heureux, il nous rend pires et plus malheureux encore, et nous fait payer, aux dépens de nous-mêmes, le soin qu'on y prend de nous plaire et de nous flatter.

Il n'y a que la raison qui ne soit bonne à rien sur la scène. Un homme sans passions, ou qui les dominerait toutes, n'y saurait intéresser personne ; et l'on a déjà remarqué qu'un Stoïcien, dans la tragédie, serait un personnage insupportable ; dans la comédie, il ferait rire, tout au plus.

L'amour est le règne des femmes ; ce sont elles qui nécessairement y donnent la loi ; parce que, selon l'ordre de la nature, la résistance leur appartient, et que les hommes ne peuvent vaincre cette résistance qu'aux dépens de leur liberté. Un effet des pièces où l'amour domine, est donc d'étendre l'empire du sexe, de rendre des femmes et de jeunes filles les précepteurs du public, et de leur donner sur les spectateurs le même pouvoir qu'elles ont sur leurs amans. Pense-t-on que cet ordre soit sans inconvénient, et qu'en augmentant avec tant de soin l'ascendant des femmes, les hommes en seront mieux gouvernés.

La même cause qui donne, dans nos pièces tragiques et comiques, l'ascendant aux femmes sur les hommes, le donne encore aux jeunes gens sur les vieillards ; et c'est un autre renversement des rapports naturels, qui n'est pas moins repréhensible. Puisque l'intérêt y est toujours pour les amans, il s'ensuit que les personnages avancés en âge n'y peuvent jamais remplir que des rôles en sous-ordres, où, pour former le nœud de l'intrigue, ils servent d'obstacle aux vœux des jeunes amans, et alors ils sont haïssables : ou bien ils sont amoureux eux-mêmes, et alors ils sont ridicules : *Turpe senex miles.* On en fait, dans les tragédies, des tyrans, des usurpateurs ; dans les comédies, des jaloux, des usuriers, des pères insupportables, que tout le monde conspire à tromper. Voilà sous quel honorable aspect on montre la vieillesse au Théâtre : voilà quel respect on inspire pour elle aux jeunes gens. Remercions l'illustre auteur de *Zaïre* et de *Nanine*, d'avoir soustrait à ce mépris le vénérable *Lusignan*, et le bon vieux Philippe *Humbert.* Il en est encore quelques autres; mais cela suffit-il pour arrêter le torrent du préjugé public, et pour effacer l'avilissement où la plupart des auteurs se plaisent à montrer l'âge de la sagesse, de l'expérience et de l'autorité! Qui peut douter que l'habitude de voir toujours dans les vieillards des personnages odieux au Théâtre, n'aide à les faire rebuter dans la société, et qu'en s'accoutumant à confondre ceux qu'on voit dans le monde, avec des radoteurs et les Géronte de la comédie, on ne les méprise tous également ?

MUSIQUE.

Toute musique ne peut être composée que de ces trois choses : mélodie ou chant, harmonie ou accompagnement, mouvement ou mesure.

L'harmonie n'est qu'un accessoire éloigné dans la musique imitative ; il n'y a dans l'harmonie proprement dite aucun principe d'imitation. Elle assure, il est vrai, les intonations, elle porte témoignage de leur justesse, et rendant les modulations plus sensibles, elle ajoute l'énergie à l'expression et de la grace au chant; mais c'est de la seule mélodie que sort cette puissance invincible des accens passionnés; c'est d'elle que dérive tout le pouvoir de la musique sur l'ame. Formez les plus savantes successions d'accords sans mélange de mélodie, vous serez ennuyé au bout d'un quart-d'heure. De beaux chants sans aucune harmonie sont long-temps à l'épreuve de l'ennui : que l'accent du sentiment anime les chants les plus simples, ils seront intéressans. Au contraire, une mélodie qui ne parle point chante toujours mal, et la seule harmonie n'a jamais rien su dire au cœur.

L'harmonie ayant son principe dans la nature, est la même pour toutes les nations; ou, si elle a quelques différences, elles sont introduites par celles de la mélodie : ainsi, c'est de la mélodie seulement qu'il faut tirer le caractère particulier d'une musique nationale; d'autant plus que ce caractère étant principalement donné par la langue, le chant proprement dit doit ressentir sa plus grande influence.

On peut concevoir des langues plus propres à la musique les unes que les autres : on en peut concevoir qui ne le seraient point du tout. Telle en pourrait être une qui ne serait composée que de sons mixtes, de syllabes muettes, sourdes ou nazales, peu de voyelles sonores, beaucoup de consonnes et d'articulations. Que résulterait-il de la musique appliquée à une telle langue ? Premièrement, le défaut d'éclat dans le son des voyelles obligerait d'en donner beaucoup à celui des notes, et parce que la langue serait sourde, la musique serait criarde. En second lieu, la dureté et la fréquence des consonnes forcerait d'exclure beaucoup de mots, à ne procéder sur les autres que par des intonations élémentaires, et la musique serait insipide et monotone : sa marche serait encore lente et ennuyeuse par la même raison ; et quand on voudrait presser un peu le mouvement, sa vîtesse ressemblerait à celle d'un corps dur et anguleux qui roule sur le pavé.

La mesure, la troisième partie essentielle à la musique, est à-peu-près à la mélodie ce que la syntaxe est au discours : c'est elle qui fait l'enchaînement des mots, qui distingue les phrases, et qui donne un sens, une liaison au tout. Toute musique dont on ne sent point la mesure ressemble, si la faute vient de celui qui l'exécute, à une écriture en chiffres, dont il faut nécessairement trouver la clef pour en démêler le sens ; mais si en effet cette musique n'a pas de mesure sensible, ce n'est alors qu'une collection confuse de mots pris au hasard et écrits sans suite, auxquels le lecteur ne trouve aucun sens, parce que l'auteur n'y en a point mis. La mesure dépend aussi de la langue, et singulièrement de cet attribut de la langue qu'on appelle *Prosodie*. Ceci est évident, car il est nécessaire que la mesure suive les combinaisons des brèves et des longues qui se trouvent toujours dans une langue. Or, supposons une nation dont la langue n'eût qu'une mauvaise prosodie ; c'est-à-dire, une prosodie peu marquée, sans exactitude et sans précision ; que les longues et les brèves n'eussent pas entr'elles, en durée et en nombre, des rapports simples et propres à rendre le rythme agréable, exact, régulier, qu'elle eût des longues plus ou moins longues les unes que les autres, des brèves plus ou moins brèves, des syllabes ni brèves ni longues, et que les différences des unes et des autres fussent indéterminées et presque incommensurables : il est clair que la musique nationale, étant contrainte de recevoir dans sa mesure les irrégularités de la prosodie, n'en aurait qu'une fort vague, inégale et très-peu sensible ; que le récitatif se sentirait, surtout, de cette irrégularité qu'on ne saurait presque comment y faire accorder les valeurs des notes et celles des syllabes ; qu'on serait contraint d'y changer la mesure à tout moment, et qu'on ne pourrait jamais y rendre les vers dans un rythme exact et cadencé ; que même dans les airs mesurés tous les mouvemens seraient peu naturels et sans précision.

L'homme a trois sortes de voix, la voix parlante ou articulée, la voix chantante ou mélodieuse, et la voix pathétique ou accentuée, qui sert de langage aux passions et qui anime le chant et la parole. Une musique parfaite est celle qui réunit le mieux ces trois voix.

ASSEMBLÉES DE DANSE.

Je n'ai jamais bien conçu pourquoi l'on s'effarouche si fort de la danse et des assemblées qu'elle occasionne : comme s'il y avait plus de mal à danser qu'à chanter, que chacun de ces amusemens ne fût pas également une inspiration de la nature, et que ce fût un crime de s'égayer en commun par une récréation innocente et honnête. Pour moi je pense, au contraire, que toutes les fois qu'il y a concours des deux sexes, tout divertissement public n'a rien de répréhensible, au lieu que l'occupation la plus louable est suspecte dans le tête-à-tête. L'homme et la femme sont destinés l'un pour l'autre : la fin de la nature est qu'ils soient unis par le mariage. Toute fausse religion combat la nature, la nôtre seule, qui la suit et la rectifie, annonce une institution divine et convenable à l'homme. Elle ne doit donc point ajouter, sur le mariage, aux embarras de l'ordre civil, des difficultés que l'Evangile ne prescrit pas, et qui sont contraires à l'esprit du Christianisme. Mais qu'on me dise où de jeunes personnes à marier auront occasion de prendre du goût l'une pour l'autre, et de se voir avec plus de décence et de circonspection que dans une assemblée, où les yeux du public incessamment tournés sur elles, les forcent à s'observer avec le plus grand soin ? Eh quoi ! Dieu est-il offensé par un exercice agréable et salutaire, convenable à la vivacité de la jeunesse, qui consiste à se présenter l'un à l'autre avec grace et bienséance, et auquel le spectateur impose une gravité dont personne n'oserait sortir ? Peut-on imaginer un moyen plus honnête de ne tromper personne, au moins quant à la figure, et de se montrer, avec les agrémens et les défauts qu'on peut avoir, aux gens qui ont intérêt de nous bien connaître avant de s'obliger à nous aimer ? Le devoir de se chérir réciproquement n'emporte-t-il pas celui de se plaire, et n'est-ce pas un soin digne de deux personnes vertueuses et chrétiennes qui songent à s'unir, de préparer ainsi leur cœur à l'amour mutuel que Dieu leur impose ?

Qu'arrive-t-il dans ces lieux où règne une éternelle contrainte, où l'on punit comme un crime la plus innocente gaieté, où les jeune-gens des deux sexes n'osent jamais s'assembler en public, et où l'indiscrète sévérité d'un pasteur ne sait prêcher au nom de Dieu qu'une gêne servile, et la tristesse et l'ennui ? On élude une tyrannie insupportable que la nature et la raison désavouent. Aux plaisirs permis dont on prive une jeunesse enjouée et folâtre, elle en substitue de plus dangereux. Les tête-à-tête adroitement concertés prennent la place des assemblées publiques. A force de se cacher comme si l'on était coupable, on est tenté de le devenir. L'innocente joie aime à s'évaporer au grand jour ; mais le vice est ami des ténèbres, et jamais l'innocence et le mystère n'habitèrent long-temps ensemble.

CONVERSATION, POLITESSE, ART DE TENIR MAISON.

Le grand caquet vient nécessairement, ou de la prétention à l'esprit, ou du prix qu'on donne à des bagatelles, dont on croit sottement que les autres font autant de cas que nous. Celui qui connaît assez de choses pour donner à toutes leur véritable prix, ne parle jamais trop ; car il sait apprécier aussi l'attention qu'on lui donne, et l'intérêt qu'on peut prendre à ses discours. Généralement les gens qui savent peu, parlent beaucoup, et les gens qui savent beaucoup parlent peu. Il est simple qu'un ignorant trouve important tout ce qu'il dit, et le dise à tout le monde : mais un homme instruit, n'ouvre pas aisément son repertoire ; il aurait trop à dire, et s'il voit encore plus à dire après lui, il se taît.

Le talent de parler tient le premier rang dans l'art de plaire ; c'est par lui seul qu'on peut ajouter de nouveaux charmes à ceux auxquels l'habitude accoutume les sens. C'est l'esprit, qui non-seulement vivifie le corps, mais qui le renouvelle en quelque sorte ; c'est par la succession des sentimens et des idées, qu'il anime et varie la physionomie ; et c'est par les discours qu'il inspire, que l'attention, tenue en haleine, soutient long-temps le même intérêt sur le même objet.

Le ton de la bonne conversation est coulant et naturel ; il n'est ni pesant, ni frivole ; il est savant sans pédanterie, gai sans tumulte, poli sans affectation, galant sans fadeur, badin sans équivoque. Ce ne sont ni des dissertations, ni des épigrammes ; on y raisonne sans argumenter ; on y plaisante sans jeux de mots ; ou y associe avec art l'esprit et la raison, les maximes et les saillies, l'ingénieuse raillerie et la morale austère. On y parle de tout, pour que chacun ait quelque chose à dire ; on n'approfondit point les questions, de peur d'ennuyer ; on les propose en passant, on les traite avec rapidité : la précision mène à l'élégance ; chacun dit son avis, et l'appuie en peu de mots ; nul n'attaque avec chaleur celui d'autrui ; nul ne défend opiniâtrément le sien ; on dispute pour s'éclairer, on s'arrête avant la dispute ; chacun s'instruit, chacun s'amuse, tous s'en vont contens, et le sage même peut rapporter de ces entretiens des sujets dignes d'être médités en silence.

La véritable politesse consiste à marquer de la bienveillance aux hommes. L'honnête intérêt de l'humanité, l'épanchement simple et touchant d'une ame franche, ont un langage bien différent des fausses démonstrations de la politesse, et des dehors trompeurs que l'usage du monde exige. Il est bien à craindre que celui qui, dès la première vue, vous traite comme un ami de vingt ans, ne vous traite au bout de vingt ans comme un inconnu, si vous avez quelque service important à lui demander. Quand on voit des hommes dissipés prendre un intérêt si tendre à tant de gens, on présume volontiers qu'ils n'en prennent à personne.

En général, la politesse des hommes est plus officieuse, celle des femmes plus caressante. J'entre dans des maisons ouvertes, dont le maître et la maitresse font conjointement les honneurs. Tous deux ont eu la même éducation, tous deux sont d'une égale politesse, tous deux également pourvus de goût et d'esprit, tous deux animés du même désir de recevoir leur monde, et de renvoyer chacun content d'eux. Le mari n'omet aucun soin pour être attentif à tout : il va, vient, fait la ronde et se donne mille peines ; il voudrait être tout attention. La femme reste à sa place ; un petit cercle se rassemble autour d'elle, et semble lui cacher le reste de l'assemblée ; cependant il ne s'y passe rien qu'elle n'aperçoive, il n'en sort personne à qui elle n'ait parlé ; elle n'a rien omis de ce qui pouvait intéresser tout le monde, elle n'a rien dit à chacun qui ne lui fût agréable, et sans rien troubler à l'ordre, le moindre de la compagnie n'est pas plus oublié que le premier. On est servi, l'on se met à table ; l'homme instruit des gens qui se conviennent, les placera selon ce qu'il sait ; la femme, sans rien savoir, ne s'y trompera pas. Elle aura déjà lu dans les yeux, dans le maintien toutes les convenances, et chacun se trouvera placé comme il veut l'être. Je ne dis pas qu'au service personne n'est oublié. Le maître de la maison en faisant sa ronde aura pu n'oublier personne ; mais la femme devine ce qu'on regarde avec plaisir et en offre. En parlant à son voisin elle a l'œil au bout de la table ; elle discerne qui ne mange point, parce qu'il n'a pas faim, et celui qui n'ose se servir ou demander, parce qu'il est maladroit ou timide. En sortant de table, chacun croit qu'elle n'a songé qu'à lui ; tous ne pensent pas qu'elle ait eu le temps de manger un seul morceau ; mais la vérité est qu'elle a mangé plus que personne. Quand tout le monde est parti, l'on parle de ce qui s'est passé. L'homme rapporte ce qu'on lui a dit, ce qu'ont dit et fait ceux avec lesquels il s'est entretenu. Si ce n'est pas toujours là-dessus que la femme est la plus exacte, en revanche elle a vu ce qui s'est dit tout bas à l'autre bout de la salle ; elle sait ce qu'un tel a pensé, à quoi tenait tel propos ou tel geste ; il s'est fait à peine un mouvement expressif, qu'elle n'ait l'interprétation toute prête, et presque toujours conforme à la vérité.

JEU.

Le Jeu n'est point un amusement d'homme riche, il est la ressource d'un désœuvré.

L'intérêt du jeu manquant de motif dans l'opulence, ne peut jamais se changer en fureur que dans un esprit mal fait.

Les profits qu'un homme riche peut faire au jeu, lui sont toujours moins sensibles que les pertes ; et comme, dans les jeux modérés, le plus heureux, quand il a bonne chance, dépense follement ses bénéfices, il en résulte, à la longue, qu'il perd plus qu'il ne gagne. On ne peut donc, en raisonnant bien, s'affectionner beaucoup à un amusement où les risques de toute espèce sont contre soi.

Celui qui nourrit sa vanité des préférences de la fortune, les peut chercher dans des objets beaucoup plus piquans ; et ces préférences ne se marquent pas moins dans le plus petit jeu que dans le plus grand.

Le goût du jeu, fruit de l'avarice et de l'ennui, ne prend que dans un esprit et dans un cœur vuides.

On voit rarement les penseurs se plaire beaucoup au jeu, qui suspend cette habitude ou la tourne sur d'arides combinaisons. Aussi l'un des biens, et peut-être le seul qu'ait produit le goût des sciences, est d'amortir un peu cette passion sordide. On aimera mieux s'exercer à prouver l'utilité du jeu que de s'y livrer.

MAITRES, DOMESTIQUES.

Toute maison bien ordonnée est l'image de l'ame du Maître. Les lambris dorés, le luxe et la magnificence n'annoncent que la vanité de celui qui les étale, au lieu que partout où vous verrez régner la règle sans tristesse, la paix sans esclavage, l'abondance sans profusion ; dites avec confiance : c'est un être heureux qui commande ici.

Un père de famille qui se plaît dans sa maison, a, pour prix des soins continuels qu'il s'y donne, la continuelle jouissance des plus doux sentimens de la nature. Seul entre tous les mortels, il est maître de sa propre félicité, parce qu'il est heureux comme Dieu même, sans rien désirer de plus que ce dont il jouit : comme cet être immense, il ne songe pas à amplifier ses possessions, mais à les rendre véritablement siennes par les relations les plus parfaites et la direction la mieux entendue : s'il ne s'enrichit pas par de nouvelles acquisitions, il s'enrichit en possédant mieux ce qu'il a. Il ne jouissait que du revenu de ses terres, il jouit encore de ses terres mêmes, en présidant à leur culture et les parcourant sans cesse. Son domestique lui était étranger ; il en fait son bien, son enfant, il se l'approprie. Il n'avait droit que sur les actions, il s'en donne encore sur les volontés. Il n'était maître qu'à prix d'argent, il le devient par l'empire sacré de l'estime et des bienfaits.

C'est une grande erreur, dans l'économie domestique, ainsi que dans la vie civile, de vouloir combattre un vice par un autre, ou former entr'eux une sorte d'équilibre, comme si ce qui sappe les fondemens de l'ordre pouvait jamais servir à l'établir ; on ne fait par cette mauvaise police que réunir enfin tous les inconvéniens. Les vices tolérés dans une maison n'y règnent pas seuls : laissez-en germer un, mille viendront à sa suite.

Dans une maison où le maître est sincèrement chéri et respecté, tous ses domestiques se regardant comme lésés par des pertes qui le laisseraient moins en état de récompenser un bon serviteur, sont également incapables de souffrir en silence le tort que l'un d'eux voudrait lui faire. C'est une police bien sublime que celle qui fait transformer ainsi le vil métier d'accusateur en une fonction de zèle, d'intégrité, de courage, aussi noble ou du moins aussi louable qu'elle l'était chez les Romains.

Le précepte de couvrir les fautes de son prochain ne se rapporte qu'à celles qui ne font de tort à personne : une injustice qu'on voit, qu'on fait et qui blesse un tiers, on la commet soi-même ; et comme ce n'est que le sentiment de nos propres défauts qui nous oblige à pardonner ceux d'autrui, nul n'aime à tolérer les fripons, s'il n'est fripon lui-même. Ces principes, vrais en général d'homme à homme, sont bien plus rigoureux encore dans la relation étroite du serviteur au maître.

Que penser de ces maîtres indifférens à tout, hors à leurs intérêts, qui ne veulent qu'être bien servis, sans s'embarrasser au surplus de ce que font leurs gens ? Ceux qui ne veulent qu'être bien servis, ne sauraient l'être long-temps. Les liaisons trop intimes entre les deux sexes ne produisent jamais que du mal. C'est des conciliabules qui se tiennent chez les femmes-de-chambre que sortent la plupart des désordres d'un ménage. L'accord des hommes entr'eux ni des femmes entr'elles n'est pas sûr pour tirer à conséquence mais c'est toujours entre hommes et femmes que s'établissent ces secrets monopoles qui ruinent à la longue les familles les plus opulentes

L'insolence des domestiques annonce plutô un maître vicieux que faible : car rien ne leur donne autant d'audace que la connaissance de ses vices, et tous ceux qu'ils découvrent en lu sont à leurs yeux autant de dispenses d'obéir à un homme qu'ils ne sauraient plus respecter.

Les valets imitent les maîtres : et les imitan grossièrement ils rendent sensibles, dans leur conduite, les défauts que le vernis de l'éducation cache mieux dans les autres.

Quand celui qui ne s'embarrasse pas d'être méprisé et haï de ses gens, s'en croit pourtan bien servi, c'est qu'il se contente de ce qu'i voit et d'une exactitude apparente, sans teni compte de mille maux secrets qu'on lui fait incessamment, et dont il n'aperçoit jamais la source. Mais où est l'homme assez dépourvu d'honneur pour pouvoir supporter les dédains de tout ce qui l'environne ? où est la femme asse perdue pour n'être point sensible aux outrages Comme, dans Paris et dans Londres, des dame se croient fort honorées, qui fondraient en larmes si elles entendaient ce qu'on dit d'elles dan leur anti-chambre ! Heureusement pour leu repos, elles se rassurent en prenant ces argus pour des imbéciles, se flattant qu'ils ne voient rien de ce qu'elles ne daignent pas leur cacher. Aussi dans leur mutine obéissance ne leur cachent-ils guère à leur tour le mépris qu'ils ont pour elles. Maîtres et valets sentent mutuellement que ce n'est pas la peine de se faire estimer les uns des autres.

En toute chose l'exemple des maîtres est plus fort que l'autorité, et il n'est pas naturel que leurs domestiques veuilient être plus honnêtes gens qu'eux.

Si on examine de près la police des grandes maisons, on voit clairement qu'il est impossible à un Maître qui a vingt domestiques, de venir jamais à bout de savoir s'il y a parmi eux un honnête homme, et de ne prendre pas pour tel le plus méchant fripon de tous. Cela seul pourrait dégoûter d'être au nombre des riches. Un des plus doux plaisirs de la vie, le plaisir de la confiance et de l'estime, est perdu pour ces malheureux : ils achètent bien cher tout leur or.

CAMPAGNE.

Le travail de la campagne est agréable à considérer, et n'a rien d'assez pénible en lui-même pour émouvoir à compassion. L'objet de l'utilité publique et privée le rend intéressant ; et puis, c'est la première vocation de l'homme : il rappelle à l'esprit une idée agréable, et au cœur tous les charmes de l'âge d'or. L'imagination ne reste point froide à l'aspect du labourage et des moissons. La simplicité de la vie pastorale et champêtre a toujours quelque chose qui touche. Qu'on regarde les prés couverts de gens qui fanent et chantent, et des troupeaux épars dans l'éloignement; insensiblement on se sent attendri sans savoir pourquoi. Ainsi quelquefois encore la voix de la nature amollit nos cœurs farouches, et quoiqu'on l'entende avec un regret inutile, elle est si douce qu'on ne l'entend jamais sans plaisir.

Les gens de ville ne savent pas aimer la campagne, ils ne savent pas même y être; à peine, quand ils y sont, savent-ils ce qu'on y fait. Ils en dédaignent les travaux; les plaisirs, ils les ignorent; ils sont chez eux comme en pays étrangers : faut-il s'étonner s'ils s'y déplaisent ? Il faut être villageois, ou n'y point aller; car qu'y va-t-on faire ? Les habitans de Paris, qui croient aller à la campagne, n'y vont point : ils portent Paris avec eux. Les chanteurs, les beaux esprits, les auteurs, les parasites, sont le cortége qui les suit. Le jeu, la musique, la comédie, y sont leur seule occupation; s'ils y ajoutent quelquefois la chasse, ils la font si commodément, qu'ils n'en ont pas la moitié de la fatigue ni du plaisir. Leur table est couverte comme à Paris; ils y mangent aux mêmes heures; on leur y sert les mêmes mets avec le même appareil; ils n'y font que les mêmes choses; autant valait-il y rester; car, quelque riche qu'on puisse être et quelque soin qu'on ait pris, on sent toujours quelque privation, et l'on ne saurait apporter avec soi Paris tout entier. Ainsi cette variété qui leur est si chère, ils la fuient : ils ne connaissent jamais qu'une manière de vivre, et toujours ils s'ennuient.

La simplicité de la vie pastorale et champêtre a toujours quelque chose qui touche. On ne peut se dérober à la douce illusion des objets qui se présentent ; on oublie son siècle et ses contemporains ; on se transporte au temps des patriarches. O temps de l'amour et de l'innocence, où les hommes étaient simples et vivaient contents ! O Rachel, fille charmante et si constamment aimée ! heureux celui qui, pour t'obtenir, ne regretta pas quatorze ans d'esclavage ! O douce élève de Noëmi, heureux le bon vieillard dont tu réchauffais les pieds et le cœur ! Non, jamais la beauté ne règne avec plus d'empire qu'au milieu des soins champêtres. C'est là que les graces sont sur leur trône, que la simplicité les parc, que la gaieté les anime, et qu'il faut les adorer malgré soi.

C'est une impression générale qu'éprouvent tous les hommes, quoiqu'ils ne l'observent pas tous, que sur les hautes montagnes où l'air est pur et subtil, on se sent plus de facilité dans la respiration, plus de légèreté dans le corps, plus de sérénité dans l'esprit ; les plaisirs y sont moins ardens ; les passions plus modérées. Les méditations y prennent je ne sais quel caractère grand et sublime, proportionné aux objets qui nous frappent, je ne sais quelle volupté tranquille qui n'a rien d'âcre et de sensuel. Il semble qu'en s'élevant au-dessus du séjour des hommes, on y laisse tous les sentimens bas et terrestres, qu'à mesure qu'on approche des régions éthérées, l'ame contracte quelque chose de leur inaltérable pureté. On y est grave sans mélancolie, paisible sans indolence, content d'être et de penser : tous les désirs trop vifs s'émoussent ; ils perdent cette pointe aiguë qui les ren douloureux ; ils ne laissent au fond du cœu qu'une émotion légère et douce ; et c'est ain qu'un heureux climat fait servir à la félicité d l'homme les passions qui font ailleurs son tou ment. Je doute qu'aucune agitation violente aucune maladie de vapeurs pût tenir contre u pareil séjour prolongé, et je suis surpris qu des bains de l'air salutaire et bienfaisant de montagnes ne soient pas un des grands remède de la médecine et de la morale.

Tableau du lever du Soleil.

Transportons-nous sur un lieu élevé avant qu le soleil se lève. On le voit s'annoncer de loin pa les traits de feu qu'il lance au-devant de lui. L'in cendie augmente, l'Orient paraît tout en flam mes : à leur éclat on attend l'Astre long-temp avant qu'il se montre ; à chaque instant on cro le voir paraître, on le voit enfin. Un point bri lant part comme un éclair et remplit aussit l'espace : le voile des ténèbres s'efface et tombe l'homme reconnaît son séjour et le trouve em belli. La verdure a pris durant la nuit une vigueu nouvelle : le jour naissant qui l'éclaire, les pre miers rayons qui la dorent, la montrent cou verte d'un brillant rézeau de rosée qui réfléch à l'œil la lumière et les couleurs. Les oiseaux e chœur se réunissent et saluent de concert l père de la vie : en ce moment pas un seul ne s taît. Leur gazouillement, faible encore, est plu lent et plus doux que dans le reste de la jou née ; il se sent de la langueur d'un paisible réveil. Le concours de tous ces objets porte aux sens une impression de fraîcheur qui semble pénétrer jusqu'à l'ame. Il y a là une demi-heure d'enchantement auquel nul homme ne résiste : un spectacle si grand, si beau, si délicieux n'en aisse aucun de sang-froid.

HISTOIRE.

Pour connaître les hommes, il faut les voir agir. Dans le monde on les entend parler ; ils montrent leurs discours et cachent leurs actions; mais dans l'Histoire elles sont dévoilées ; c'est par elle qu'on lit dans leurs cœurs, sans les leçons de la philosophie, et qu'on les juge sur les faits. Leurs propos mêmes aident à les apprécier ; car, comparant ce qu'ils font à ce qu'ils disent, on voit à la fois ce qu'ils sont et ce qu'ils veulent paraître : plus ils se déguisent, mieux on les connaît.

Cette étude a cependant ses dangers, ses inconvéniens de plus d'une espèce. Il est difficile de ce mettre dans un point de vue d'où l'on puisse juger ses semblables avec équité. Un des grands vices de l'Histoire est qu'elle peint beaucoup plus les hommes par leurs mauvais côtés que par les bons. Comme elle n'est intéressante que par les révolutions et les catastrophes, tant qu'un peuple croît et prospère dans le calme d'un paisible gouvernement, elle n'en dit rien ; elle ne commence à en parler que quand, ne pouvant plus se suffire à lui-même, il prend part aux affaires de ses voisins, ou les laisse prendre part aux siennes ; elle ne l'illustre que qua est déjà sur son déclin. Toutes nos histoires c mencent où elles devraient finir. Nous avons exactement celle des peuples qui se détruis ce qui nous manque est celle des peuples se multiplient ; ils sont assez heureux et a sages, pour qu'elle n'ait rien à dire d'eux ; e effet nous voyons, même de nos jours, qu gouvernemens qui se conduisent le mieux ceux dont on parle le moins. Nous ne sa donc que le mal : à peine le bien fait-il épo Il n'y a que les méchans de célèbres ; les sont oubliés ou tournés en ridicule ; et comment l'Histoire, ainsi que la philosophi lomnie sans cesse le genre humain.

De plus, il s'en faut bien que les faits dé dans l'Histoire ne soient la peinture exacte mêmes faits tels qu'ils sont arrivés. Ils chan de forme dans la tête de l'historien ; ils se lent sur ses intérêts ; ils prennent la teint ses préjugés. Qui est-ce qui sait mettre ex ment le lecteur au lieu de la scène, pour un événement tel qu'il s'est passé ? L'ignor ou la partialiaté déguisent tout. Sans alt même un trait historique, en étendant ou re rant des circonstances qui s'y rapportent, de faces différentes on peut lui donner ! M un même objet à divers points de vue : à p paraîtra-t-il le même ; et pourtant rien n' changé que l'œil du spectateur. Suffit-il, l'honneur de la vérité, de me dire un fait table, en me le faisant voir tout autrement n'est arrivé ? combien de fois un arbre de ou de moins, un rocher à droite ou à gau un tourbillon de poussière élevé par le vent, ont décidé de l'événement d'un combat, sans que personne s'en soit aperçu ? cela empêche-t-il l'Historien de vous dire la cause de la défaite ou de la victoire avec autant d'assurance que s'il eût été partout ? Or, que m'importeront les faits en eux-mêmes quand la raison m'en reste inconnue ? et quelles leçons puis-je tirer d'un événement dont j'ignore la vraie cause ? l'Historien m'en donne une, mais il la controuve ; et la critique elle-même, dont on fait tant de bruit, n'est qu'un art de conjecturer, l'art de choisir, entre plusieurs mensonges, celui qui ressemble le mieux à la vérité. N'avez-vous jamais lu Cléopatre ou Cassandre, ou d'autres livres de cette espèce ? l'auteur choisit un événement connu ; puis, l'accommodant à ses vues, l'ornant de détails de son invention, de personnages qui n'ont jamais existé, et de portraits imaginaires, entasse fictions sur fictions, pour rendre sa lecture agréable. Je vois peu de différence entre ces romans et nos histoires, si ce n'est que le romancier se livre davantage à sa propre imagination, et que l'Historien s'asservit plus à celle d'autrui ; à quoi j'ajouterai, si l'on veut, que le premier se propose un objet moral, bon ou mauvais, dont l'autre ne se soucie guère.

On me dira que la fidélité de l'Histoire intéresse moins que la vérité des mœurs et des caractères. Pourvu que le cœur humain soit bien peint, il importe peu que les événemens soient fidèlement rapportés : car après tout, ajoute-t-on, que nous font des faits arrivés il y a deux mille ans ? On a raison, si les portraits sont bien rendus d'après nature ; mais si la plupart n'ont leur modèle que dans l'imagination de l'Historien, n'est-ce pas retomber dans l'inconvénient qu'on voulait fuir, et rendre à l'autorité des écrivains ce qu'on veut ôter à celle du maître ?

Les pires Historiens pour un jeune homme, sont ceux qui jugent les faits et qu'il juge lui-même ; c'est ainsi qu'il apprend à connaître les hommes. Si le jugement de l'auteur le guide sans cesse, il ne fait que voir par l'œil d'un autre ; et quand cet œil lui manque, il ne voit plus rien.

Je laisse à part l'Histoire moderne, non seulement parce qu'elle n'a plus de physionomie, et que nos hommes se ressemblent tous ; mais parce que nos Historiens, uniquement attentifs à briller, ne songent qu'à faire des portraits fortement coloriés, et qui souvent ne représentent rien ; témoins *Davila*, *Guicciardin*, *Strada*, *Solis*, *Machiavel*, et quelquefois *de Thou* lui-même. *Vertot* est presque le seul qui savait peindre sans faire des portraits. Généralement les anciens en font moins, mettent moins d'esprit et plus de sens dans leurs jugemens : encore y a-t-il entr'eux un grand choix à faire ; et il ne faut pas d'abord prendre les plus judicieux, mais les plus simples. Je ne voudrais mettre dans la main d'un jeune homme ni *Polybe*, ni *Salluste*, ni *Tacite*. Celui-ci est le livre des vieillards ; les jeunes ne sont pas faits pour l'entendre : il faut apprendre à voir dans les actions humaines les premiers traits du cœur de l'homme, avant que d'en vouloir sonder les profondeurs ; il faut savoir bien lire dans les faits, avant que de lire dans les maximes.

Thucydide est, à mon gré, le vrai modèle des Historiens : il rapporte les faits sans les juger ; mais il n'omet aucune des circonstances propres à nous en faire juger nous-mêmes. Il met tout ce qu'il raconte sous les yeux du lecteur ; loin de s'interposer entre les événemens et les lecteurs, il se dérobe ; on ne croit plus lire, on croit voir. Malheureusement il parle toujours de guerre, et l'on ne voit presque dans ses récits que la chose du monde la moins instructive, savoir des combats. La retraite des dix mille, et les commentaires de César, ont à peu près la même sagesse et le même défaut.

Le bon Hérodote, sans portraits, sans maximes ; mais coulant, naïf, plein de détails les plus capables d'intéresser et de plaire, serait peut-être le meilleur des Historiens, si ces mêmes détails ne dégénéraient souvent en simplicités puériles plus propres à gâter le goût de la jeunesse qu'à le former. Il faut du discernement pour le lire. A l'égard de Tite-Live, il est politique, il est rhéteur, il est tout ce qui ne convient pas à cet âge.

L'Histoire en général est défectueuse, en ce qu'elle ne tient registre que de faits sensibles et marqués, qu'on peut fixer par des noms, des lieux, des dates ; mais les causes lentes et progressives de ces faits, lesquelles ne peuvent s'assigner de même, restent toujours inconnues. La guerre ne fait le plus souvent que manifester les événemens déjà déterminés par des causes morales que les Historiens savent rarement voir.

Ajoutez que l'Histoire montre bien plus les actions que les hommes, parce qu'elle ne saisit ceux-ci que dans certains momens choisis, dans leurs vêtemens de parade. Elle n'expose que l'homme public qui s'est arrangé pour être vu : elle ne le suit point dans sa maison, dans sa famille, au milieu de ses amis ; elle ne le peint que quand il représente : c'est bien plus son habit que sa personne qu'elle peint.

J'aimerais mieux la lecture des vies particulières pour commencer l'étude du cœur humain ; car alors l'homme a beau se dérober, l'Historien le poursuit partout ; il ne lui laisse aucun moment de relâche, aucun recoin pour éviter l'œil perçant du spectateur ; et c'est quand l'un croit mieux se cacher, que l'autre le fait mieux connaître. *Ceux*, dit Montaigne, *qui écrivent les vies, d'autant plus qu'ils s'amusent plus aux conseils qu'aux événemens, plus à ce qui se passe au-dedans qu'à ce qui arrive au-dehors ; ceux-là me sont plus propres : voilà pourquoi c'est mon homme que Plutarque.*

Il est vrai que le génie des hommes assemblés ou des peuples est fort différent de caractère de l'homme en particulier, et que ce serait connaître très-imparfaitement le cœur humain, que de ne pas l'examiner aussi dans la multitude ; mais il n'est pas moins vrai, qu'il faut commencer par étudier l'homme pour juger les hommes, et que qui ne connaîtrait parfaitement les penchans de chaque individu, pourrait prévoir tous leurs effets combinés dans le corps du peuple.

C'est encore aux anciens qu'il fant recourir pour cette étude de l'homme, par les raisons que j'ai déjà dites, et de plus, parce que tous les détails familiers et bas, mais vrais et caractéristiques, étant bannis du style moderne, les hommes sont aussi parés par nos acteurs dans leurs vies privées, que sur la scène du monde. La décence, non moins sévère dans les écrits que dans les actions, ne permet plus de dire en public que ce qu'elle permet d'y faire, et comme on ne peut montrer les hommes que représentant toujours, on ne les connaît pas plus dans nos livres que sur nos théâtres. On aura beau faire et refaire cent fois la vie des rois, nous n'aurons plus de Suétone.

Plutarque excelle par ces mêmes détails, dans lesquels nous n'osons plus entrer. Il a une grace inimitable à peindre les grands hommes dans les petites choses ; et il est si heureux dans le choix de ses traits, que souvent un mot, un sourire, un geste lui suffit pour caractériser son héros. Avec un mot plaisant, Annibal rassure son armée effrayée, et la fait marcher en riant à la bataille qui lui livra l'Italie. Agésilas, à cheval sur un bâton, me fait aimer le vainqueur du grand roi. César, traversant un pauvre village et causant avec ses amis, décèle sans y penser le fourbe qui disait ne vouloir qu'être égal à Pompée. Alexandre avale une médecine et ne dit pas un seul mot : c'est le plus beau moment de sa vie. Aristide écrit son propre nom sur une coquille, et justifie ainsi son surnom. Philopemen, le manteau bas, coupe du bois dans la cuisine de son hôte. Voilà le véritable art de peindre : la physionomie ne se montre pas dans les grands traits, ni le caractère dans les grandes actions ; c'est dans les bagatelles que le naturel se découvre. Les choses publiques sont ou trop communes ou trop apprêtées ; et c'est presque uniquement à celles-ci que la dignité moderne permet à nos auteurs de s'arrêter.

Un des plus grands hommes du siècle dernier fut incontestablement M. Turenne. On a eu le courage de rendre sa vie intéressante par de petits détails qui le font connaître et aimer ; mais combien s'est-on vu forcé d'en supprimer, qui l'auraient fait connaître et aimer davantage ! Je n'en citerai qu'un, que je tiens de bon lieu, et que Plutarque n'eût eu garde d'omettre, mais que Ramsay n'eût eu garde d'écrire, quand il l'aurait su.

Un jour d'été qu'il faisait fort chaud, le Vicomte de Turenne, en petite veste blanche et en bonnet, était à la fenêtre de son antichambre. Un de ses gens survient, et, trompé par l'habillement, le prend pour un aide de cuisine, avec lequel ce domestique était familier. Il s'approche doucement par derrière, et, d'une main qui n'était pas légère, lui applique un grand coup sur les fesses. L'homme frappé se retourne à l'instant. Le valet voit en frémissant le visage de son maître. Il se jette à genoux tout éperdu. *Monseigneur, j'ai cru que c'était George... Et quand c'eût été George*, s'écrie Turenne en se frottant le derrière, *il ne fallait pas frapper si fort.* Historiens, voilà donc ce que vous n'osez dire ! mais vous vous rendez méprisables à force de dignité. Pour toi, bon jeune homme, qui lis ce trait, et qui sens avec attendrissement toute la douceur d'ame qu'il montre, même dans le premier mouvement, lis aussi les petitesses de ce grand homme, dès qu'il était question de sa naissance et de son nom. Songe que c'est le même Turenne, qui affectait de céder partout le pas à son neveu, afin qu'on vît bien que cet enfant était le chef d'une maison souveraine. Rapproche ces contrastes : méprise l'opinion et connais l'homme.

Je vois à la manière dont on fait lire l'Histoire aux jeunes gens. qu'on les transforme, pour ainsi dire, dans tous les personnages qu'ils voient ; qu'on s'efforce de les faire devenir, tantôt Cicéron, tantôt Trajan, tantôt Alexandre ; de les décourager lorsqu'ils rentrent dans eux-mêmes ; de donner à chacun le regret de n'être que soi. Cette méthode a certains avantages dont je ne disconviens pas ; mais il faut faire réflexion que celui qui commence à se rendre étranger à lui-même, ne tarde pas à s'oublier tout-à-fait.

Ceux qui disent que l'histoire la plus intéressante pour chacun est celle de son pays, ne disent pas vrai. Il y a des pays dont l'histoire ne peut pas même être lue, à moins qu'on ne soit imbécile, ou négociateur. L'histoire la plus intéressante est celle où l'on trouve le plus d'exemples, de mœurs, de caractères de toute espèce : en un mot, le plus d'instruction. Ils vous diront qu'il y a autant de tout cela parmi nous que parmi les anciens ; cela n'est pas vrai : ouvrez leur histoire, et faites-les taire. Ils diront que ce sont les bons H storiens qui nous manquent ; mais demandez-leur pourquoi ? cela n'est pas vrai. Donnez matière à de bonnes histoires, et les bons Historiens se trouveront. Enfin, ils diront que les hommes dans tout le temps se ressemblent ; qu'ils ont les mêmes vertus et les mêmes vices ; qu'on n'admire les anciens, que parce qu'ils sont anciens. Cela n'est pas vrai, non plus ; car on faisait autrefois de grandes choses avec de petits moyens, et l'on fait aujourd'hui tout le contraire. Les anciens étaient contemporains de leurs Historiens, et nous ont pourtant appris à les admirer. Assurément si la postérité admire les nôtres, elle ne l'aura pas appris de nous.

Les anciens historiens sont remplis de vues dont on pourrait faire usage, quand même les faits qui les présentent seraient faux : mais nous ne savons tirer aucun vrai parti de l'histoire ; la critique d'érudition absorbe tout, comme s'il importait beaucoup qu'un fait fût vrai, pourvu qu'on en pût tirer une instruction utile. Les hommes sensés doivent regarder l'histoire comme un tissu de fables dont la morale est très-appropriée au cœur humain.

ROMANS.

Il faut des spectacles dans les grandes villes, et des Romans aux peuples corrompus.

Les Romans sont peut-être la dernière instruction qui reste à donner à un peuple assez corrompu, pour que toute autre lui soit utile. Il serait donc a propos que la composition de ces sortes de livres ne fût permise qu'à des gens honnêtes, mais sensibles, dont le cœur se peignît dans leurs écrits ; et des auteurs qui ne fussent pas au-dessus des faiblesses de l'humanité, qui ne montrassent pas tout d'un coup la vertu dans le ciel hors de la portée des hommes, mais qui la leur fissent aimer en la peignant d'abord moins austère, et puis, du sein du vice, les y sussent conduire insensiblement.

L'on se plaint que les romans troublent les têtes : je le crois bien. En montrant sans cesse à ceux qui lisent les prétendus charmes d'un état qui n'est pas le leur, ils les séduisent, ils leur font prendre leur état en dédain, en échange imaginaire de celui qu'on leur fait aimer. Voulant être ce qu'on n'est pas, on parvient à se croire autre chose que ce qu'on est, et voilà comment on devient fou. Si les romans n'offraient à leurs lecteurs que des tableaux d'objets qui les environnent, que des devoirs qu'ils peuvent remplir, que des plaisirs de leur condition, les romans ne les rendraient point fous, ils les rendraient sages; parce qu'ils les instruiraient en les intéressant, et qu'en détruisant les maximes fausses et méprisables des grandes sociétés, ils les attacheraient à leur état. A tous ces titres, un roman, s'il est bien fait, au moins s'il est utile, doit être sifflé, haï, décrié par les gens à la mode, comme un livre plat, extravagant, ridicule; et voilà comment la folie du monde est sagesse.

On lit beaucoup plus de Romans dans les provinces qu'à Paris; on en lit plus dans les campagnes que dans les villes, et ils y font beaucoup d'impression. Mais ces livres qui pourraient servir à la fois d'amusement, d'instruction, de consolation au campagnard, malheureux seulement parce qu'il pense l'être, ne semblent faits, au contraire que pour le rebuter de son état, en étendant en fortifiant le préjugé qui le lui rend méprisable : les gens du bel air, les femmes à la mode, les grands, les militaires voilà le acteurs de tous les romans. Le rafinement du goût des villes, les maximes de la cour, l'appareil du luxe, la morale épicurienne : voilà les leçons qu'ils prêchent et les préceptes qu'ils donnent. Le coloris des fausses vertus ternit l'écla des véritables ; le manége des procédés y es substitué aux devoirs réels ; les beaux discour font dédaigner les belles actions, et la simplicit des bonnes mœurs passe pour grossiereté. Que effet produiront de pareils tableaux sur un gentilhomme de campagne, qui voit railler la franchise avec laquelle il reçoit ses hôtes, et traite de brutale orgie la joie qu'il fait régner dans so canton ? sur sa femme qui apprend que les soin d'une mère de famille sont au-dessous des dame de son rang ? sur sa fille, à qui les airs contournés et le jargon de la ville font dédaigner l'honnête et rustique voisin qu'elle eût épousé ? Tou de concert, ne voulant plus être des manans, s dégoutent de leur village, abandonnent leu chateau, qui bientôt devient masure, et von dans la capitale, ou le père avec sa croix d Saint-Louis, de seigneur qu'il était, devien valet ou chevalier d'industrie. La mère établi un brelan, la fille attire des joueurs ; et souven tous trois meurent de misère et déshonorés.

VOYAGES.

On n'ouvre pas un livre de voyage où l'on n trouve des descriptions de caractères et d mœurs ; mais on est tout étonné d'y voir que ce gens qui ont tant décrit de choses, n'ont dit qu ce que chacun savait déjà ; n'ont su apercevoir à l'autre bout du monde, que ce qu'il n'eût tenu qu'à eux de remarquer sans sortir de leur rue, et que ces traits vrais qui distinguent les nations, et qui frappent les yeux faits pour voir, ont presque toujours échappé aux leurs. De là est venu ce bel adage de morale, si rabattu par la tourbe philosophique, que les hommes sont partout les mêmes ; qu'ayant partout les mêmes passions et les mêmes vices, il est assez inutile de chercher à caractériser les différens peuples : ce qui est a-peu-près aussi bien raisonné, que si l'on disait qu'on ne saurait distinguer Pierre d'avec Jacques, parce qu'ils ont tous deux un nez, une bouche et des yeux.

Ne verra-t-on jamais renaître ces temps heureux, où les peuples ne se mêlaient point de philosopher, mais ou les Platon les Thalès et les Pythagore, épris d'un ardent desir de savoir, entreprenaient les plus grands voyages, uniquement pour s'instruire, et allaient au loin secouer le joug des préjugés nationaux, apprendre à connaître les hommes par leurs conformités et par leurs différences, et acquérir ces connaissances universelles, qui ne sont point celles d'un siècle ou d'un pays exclusivement ; mais qui, étant de tous les temps et de tous les lieux, sont, pour ainsi dire, la science commune des Sages ?

On admire la magnificence de quelques curieux qui ont fait, à grands frais, des voyages en Orient avec des savans et des peintres, pour y dessiner des masures et déchiffrer des inscriptions : mais j'ai peine à concevoir comment, dans un siècle où l'on se pique de belles connaissances, il ne se trouve pas deux hommes bien unis, riches, l'un en argent, l'autre en génie, tous deux aimant la gloire et aspirant à l'immortalité, dont l'un sacrifie vingt mille écus de son bien et l'autre dix ans de sa vie à un célèbre voyage autour du monde, pour y étudier, non toujours des pierres et des plantes, mais une fois les hommes et les mœurs, et qui, après tant de siècles employés à mesurer et à considérer la maison, s'avisent enfin d'en vouloir connaître les habitans.

Il y a beaucoup de gens que les voyages instruisent encore moins que les livres, parce qu'ils ignorent l'art de penser, que dans la lecture, leur esprit est moins guidé par l'auteur, et que, dans leurs voyages, ils ne savent rien voir d'eux-mêmes.

De tous les peuples du monde, le Français est celui qui voyage le plus; mais, plein de ses usages, il confond tout ce qui n'y ressemble pas. Il y a des français dans tous les coins du monde; Il n'y a point de pays où l'on trouve plus de gens qui aient voyagé qu'on en trouve en France. Avec cela pourtant, de tous les peuples de l'Europe, celui qui en voit le plus, les connaît le moins. L'Anglais voyage aussi, mais d'une autre manière; il faut que ces deux peuples soient contraires en tout. La noblesse Anglaise voyage, la noblesse Française ne voyage point.

Le peuple français voyage, le peuple anglais ne voyage point. Les Français ont presque toujours quelque vue d'intérêt dans leurs voyages: mais les Anglais ne vont point chercher fortune chez les nations, si ce n'est par le commerce, et les mains pleines. Quand ils y voyagent, c'est pour y verser leur argent, non pour vivre d'industrie : ils sont trop fiers pour aller ramper hors de chez eux. Cela fait aussi qu'ils s'instruisent mieux chez l'étranger que ne font les Français, qui ont un tout autre objet en tête. Les Anlgais ont pourtant aussi leurs préjugés nationaux : ils en ont même plus que personne ; mais ces préjugés tiennent moins à l'ignorance qu'à la passion. L'Anglais a les préjugés de l'orgueil, et le Français ceux de la vanité.

Comme les peuples les moins cultivés sont généralement les plus sages, ceux qui voyagent le moins voyagent le mieux, parce qu'étant moins avancés que nous dans nos recherches frivoles, et moins occupés des objets de notre vaine curiosité, ils donnent toute leur attention à ce qui est véritablement utile. Je ne connais guère que les Espagnols qui voyagent de cette manière. Tandis qu'un Français court chez les artistes du pays, qu'un Anglais en fait dessiner quelque antique, et qu'un Allemand porte son *Album* chez tous les savans, l'Espagnol étudie en silence le gouvernement, les mœurs, la police et il est le seul des quatre qui, de retour chez lui, rapporte de ce qu'il a vu quelque remarque utile à son pays.

Les anciens voyageaient peu, lisaient peu, faisaient peu de livres, et pourtant on voit, dans ceux qui nous restent d'eux, qu'ils s'observaient mieux les uns les autres que nous n'observont nos contemporains. Sans remonter aux écrits d'Homère, le seul poëte qui nous transporte dans le pays qu'il décrit, on ne peut refuser à Hérodote l'honneur d'avoir peint les mœurs dans son histoire, quoiqu'elle soit plus en narrations qu'en réflexions, mieux que ne font tous nos Historiens, en chargeant leurs livres de portraits et de caractères. Tacite a mieux décrit les Germains de son temps, qu'aucun écrivain n'a décrit les Allemands d'aujourd'hui. Incontestablement ceux qui sont versés dans l'histoire ancienne connaissent mieux les Grecs, les Carthaginois, les Romains, les Gaulois, les Perses, qu'aucun peuple de nos jours ne connaît ses voisins.

Il faut avouer aussi que les caractères originaux des peuples, s'effaçant de jour en jour, deviennent en même temps plus difficile à saisir. A mesure que les races se mêlent, et que les peuples se confondent, on voit peu à peu disparaître ces différences nationales qui frappaient jadis au premier coup-d'œil. Autrefois chaque nation restait plus renfermée en elle-même ; il y avait moins de communication, moins de voyages, moins d'intérêts communs ou contraires, moins de liaisons politiques et civiles de peuple à peuple ; point tant de ces tracasseries royales appelées négociations ; point d'Ambassadeurs ordinaires ou résidant continuellement ; les grandes navigations étaient rares ; il y avait peu de commerce éloigné, et le peu qu'il y en avait était fait par le prince même qui s'y servait d'étrangers, ou par des gens méprisés qui ne donnaient le ton à personne, et ne rapprochaient point les nations. Il y a cent fois plus de liaisons maintenant entre l'Europe et l'Asie, qu'il n'y en avait jadis entre la Gaule et l'Espagne : l'Europe seule était plus éparse que la terre entière ne l'est aujourd'hui.

Ajoutez à cela, que les anciens peuples se regardant la plupart comme Autocthones, ou originaires de leur propre pays, l'occupaient depuis assez long-temps, pour avoir perdu la mémoire des siècles reculés où leurs ancêtres s'y étaient établis, et pour avoir laissé le le temps au climat de faire sur eux des impressions durables; au lieu que, parmi nous, après les invasions des Romains, les récentes émigrations des barbares ont tout mêlé, tout confondu. Les Français d'aujourd'hui ne sont plus ces grands corps blonds et blancs d'autrefois; les Grecs ne sont plus ces beaux hommes faits pour servir de modèles à l'art; les Perses, originaires de Tartarie, perdent chaque jour de leur laideur primitive, par le mélange du sang Circassien. Les Européens ne sont plus Gaulois, Germains, Libériens, Allobroges; ils ne sont tous que des Scythes diversement dégénérés, quant à la figure, et encore plus quant aux mœurs.

Voilà pourquoi les antiques distinctions des races, les qualités de l'air et du territoire, marquaient plus fortement, de peuple à peuple, les tempéramens, les figures, les mœurs, les caractères, que tout cela ne peut se marquer de nos jours, où l'inconstance européenne ne laisse à nulle cause naturelle le temps de faire ses impressions et où les forêts abattues, les marais desséchés, la terre plus uniformément cultivée, ne laissent plus, même au physique, la même différence de terre à terre, et de pays à pays.

Peut-être avec de semblables réflexions se

presserait-on moins de tourner en ridicule Hero dote, Ctésias, Pline pour avoir représenté le habitans de divers pays, avec des traits origi naux et des différences marquées que nous n leur voyons plus. Il faudrait retrouver les même hommes pour reconnaître en eux les mêmes figu res : il faudrait que rien ne les eût changés pour qu'ils fussent resté les mêmes. Si nous pou vions considérer à la fois tous les hommes qu ont été, peut-on douter que nous les trouvassion plus variés de siècle en siècle, qu'on les trouv aujourd'hui de nation à nation ?

En même-temps que les observations devien nent plus difficiles, elles se font plus négligem ment et plus mal ; c'est une raison du peu d succès de nos recherches dans l'histoire naturell du genre humain. L'instruction qu'on retire de Voyages se rapporte à l'objet qui les fait entre prendre. Quand cet objet est l'intérêt, il absor be toute l'attention de ceux qui s'y livrent. L commerce et les arts, qui mêlent et confonden les peuples, les empêchent aussi de s'étudier Quand ils savent le profit qu'ils peuvent faire l'u avec l'autre, qu'ont-ils de plus à savoir ?

Il y a bien de la différence entre voyager pou voir du pays, ou pour voir des peuples. Le pre mier objet est toujours celui des curieux, l'au tre n'est pour eux qu'accessoire. Ce doit être tou le contraire pour celui qui veut philosopher L'enfant observe les choses, en attendant qu'i puisse observer les hommes. L'homme doit com mencer par observer ses semblables, et puis i observe les choses, s'il en a le temps.

Pour parvenir à la connaissance des peuples

il faut commencer par tout observer dans le premier où l'on se trouve ; assigner ensuite les différences à mesure que l'on parcourt les autres pays ; comparer, par exemple, la France à chacun d'eux comme on décrit l'olivier sur un saule, ou le palmier sur le sapin, et attendre à juger du premier peuple observé, qu'on ait observé tous les autres.

Les Voyages ne conviennent qu'à très-peu de gens : ils ne conviennent qu'aux hommes assez fermes sur eux-mêmes, pour écouter les leçons de l'erreur sans se laisser séduire, et pour voir l'exemple du vice sans se laisser entraîner. Les Voyages poussent le naturel vers sa pente, et achèvent de rendre l'homme bon ou mauvais. Quiconque revient de courir le monde, est, à son retour, ce qu'il sera toute sa vie.

HOMME.

Dans l'état où sont désormais les choses, un Homme abandonné dès sa naissance à lui-même parmi les autres, serait le plus défiguré de tous. Les préjugés, l'autorité, la nécessité, l'exemple, toutes les institutions sociales dans lesquelles nous nous trouvons submergés, étoufferaient en lui la nature, et ne mettraient rien à la place. Elle y serait comme un arbrisseau que le hasard fait naître au milieu d'un chemin, et que les passans font bientôt périr en le heurtant de toutes parts, et le pliant dans tous les sens.

On façonne les plantes par la culture, et les hommes par l'éducation. Si l'Homme naissait grand et fort, sa taille et sa force lui seraient inutiles, jusqu'à ce qu'il eût appris à s'en servir : elles lui seraient préjudiciables, en empêchant les autres de songer à l'assister ; et, abandonné à lui-même, il mourrait de misère avant d'avoir connu ses besoins. On se plaint de l'état de l'enfance ; on ne voit pas que la race humaine eût péri, si l'homme n'eût commencé par être enfant.

Supposons qu'un enfant eût, à sa naissance, la stature et la force d'un homme fait, qu'il sortît, pour ainsi dire du sein de sa mère, comme Pallas du cerveau de Jupiter ; cet homme-enfant serait un parfait imbécile, un automate, une statue immobile et presque insensible. Il ne verrait rien, il n'entendrait rien, il ne connaîtrait personne, il ne saurait pas tourner les yeux vers ce qu'il aurait besoin de voir. Non-seulement il n'apercevrait aucun objet hors de lui ; il n'en rapporterait même aucun dans l'organe du sens qui le lui ferait apercevoir ; les couleurs ne seraient point dans ses yeux, les sons ne seraient point dans ses oreilles, les corps qu'il toucherait ne seraient point sur le sien, il ne saurait pas même qu'il y en a un ; le contract de ses mains serait dans son cerveau ; toutes ses sensations se réuniraient dans un seul point ; il n'existerait que dans le commun *sensorium* ; il n'aurait qu'une seule idée, savoir celle du *moi*, à laquelle il rapporterait toutes ses sensations ; et cette idée, ou plutôt ce sentiment serait la seule chose qu'il aurait de plus qu'un enfant ordinaire.

Le sort de l'homme est de souffrir dans tous les temps : le soin même de sa conservation est attaché à la peine ! heureux de ne connaître dans son enfance que des maux physiques ! maux bien moins cruels, bien moins douloureux que les autres, et qui, bien plus rarement qu'eux, nous font renoncer à la vie. On ne se tue point pour les douleurs de la goutte ; il n'y a guère que celles de l'ame qui produisent le désespoir. Nous plaignons le sort de l'enfance, et c'est le nôtre qu'il faudrait plaindre. Nos plus grands maux nous viennent de nous.

Tant que les hommes se contentèrent de leurs cabanes rustiques ; tant qu'ils se bornèrent à coudre leurs habits de peaux avec des épines ou des arêtes, à se parer de plumes et de coquillages, à se peindre le corps de diverses couleurs, à perfectionner ou embellir leurs arcs et leurs flèches, à tailler avec des pierres tranchantes quelques canots de pêcheurs, ou quelques grossiers instrumens de musique ; en un mot, tant qu'ils ne s'appliquèrent qu'à des ouvrages qu'un seul pouvait faire, et qu'à des arts qui n'avaient pas besoin du concours de plusieurs mains, ils vécurent libres, sains, bons et heureux, autant qu'ils pouvaient l'être par leur nature, et continuèrent à jouir entre eux des douceurs d'un commerce indépendant : mais dès l'instant qu'un homme eut besoin du secours d'un autre ; dès qu'on s'aperçut qu'il était utile à un seul d'avoir des provisions pour deux, l'égalité disparut, la propriété s'introduisit, le travail devint nécessaire ; et les vastes forêts se changèrent en des campagnes riantes, qu'il fallut arroser de la sueur des hommes, et dans lesquelles on vit bientôt l'esclavage et la misère germer et croître avec les moissons.

La métallurgie et l'agriculture furent les deux

arts dont l'invention produisit cette grande lution. Pour le poëte c'est l'or et l'argent, mais pour le philosophe, ce sont le fer et le blé qui ont civilisé les hommes et perdu le genre humain.

Les Hommes ne sont pas faits pour être entassés en fourmilières, mais épars sur la terre qu'ils doivent cultiver. Plus ils se rassemblent, plus ils se corrompent. Les infirmités du corps, ainsi que les vices de l'ame, sont l'infaillible effet de ce concours trop nombreux. L'homme est, de tous les animaux, celui qui peut le moins vivre en troupeaux. Des hommes entassés comme des moutons périraient tous en très-peu de temps. L'haleine de l'homme est mortelle à ses semblables : cela n'est pas moins vrai au propre qu'au figuré.

S'il ne s'agissait que de montrer aux jeunes gens l'homme par son masque, on n'aurait pas besoin de le leur montrer, ils le verraient toujours de reste ; mais puisque le masque n'est pas de l'homme, et qu'il ne faut pas que son vernis les séduise, en leur peignant les hommes, peignez-les leur tels qu'ils sont, non pas afin qu'ils les haïssent, mais afin qu'ils les plaignent, et ne leur veuillent pas ressembler. C'est, à mon gré, le sentiment le mieux entendu que l'homme puisse avoir sur son espèce.

L'Etre suprême a voulu faire en tout honneur à l'espèce humaine. En donnant à l'homme des penchans sans mesure, il lui donne en même temps la loi qui les règle, afin qu'il soit libre et se commande à lui-même : en le livrant à des passions immodérées, il joint à ces passions la raison pour les gouverner ; en livrant la femme à des désirs illimités, il joint à ces désirs la pudeur pour les contenir. Pour surcroît, il ajoute encore une récompense actuelle au bon usage de ses facultés, savoir le goût qu'on prend aux choses honnêtes lorsqu'on en fait la règle de ses actions.

Les hommes disent que la vie est courte, et je vois qu'ils s'efforcent de la rendre telle. Ne sachant pas l'employer, ils se plaignent de la rapidité du temps ; et je vois qu'il coule trop lentement à leur gré. Toujours pleins de l'objet auquel ils tendent, ils voient à regret l'intervalle qui les en sépare : l'un voudrait être à demain ; l'autre au mois prochain ; l'autre à dix ans de là ; nul ne veut vivre aujourd'hui, nul n'est content de l'heure présente, tous la trouvent trop lente à passer.

Mortels, ne cesserez-vous jamais de calomnier la nature ? Pourquoi vous plaindre que la vie est courte, puisqu'elle ne l'est pas encore assez à votre gré ? S'il est un seul entre vous qui sache mettre assez de tempérance à ses désirs pour ne jamais souhaiter que le temps s'écoule, celui-là ne l'estimera pas trop courte : vivre et jouir seront pour lui la même chose ; et dût-il mourir jeune, il ne mourra que rassasié de jours.

ÉTUDE DE L'HOMME.

L'étude convenable à l'homme est celle de ses rapports. Tant qu'il ne se connaît que par son être physique, il doit s'étudier par ses rapports avec les choses ; c'est l'emploi de son enfance : quand il commence à sentir son être moral, il doit s'étudier par ses rapports avec les hommes ; c'est l'emploi de sa vie entière.

Un cœur droit est le premier organe de la vérité ; celui qui n'a rien senti ne sait rien apprendre ; il ne fait que flotter d'erreurs en erreurs ; il n'acquiert qu'un vain savoir et de stériles connaissances, parce que le vrai rapport des choses à l'homme, qui est sa principale science, lui demeure toujours caché. Mais c'est se borner à la première moitié de cette science, que de ne pas étudier encore les rapports qu'ont les choses entr'elles, pour mieux juger de ceux qu'elles ont avec nous. C'est peu de connaître les passions humaines, si l'on n'en sait apprécier les objets ; et cette seconde étude ne peut se faire que dans le calme de la méditation.

Nos vrais maîtres sont l'expérience et le sentiment, et jamais l'homme ne sent bien ce qui convient à l'homme, que dans les rapports où il s'est trouvé.

La jeunesse du sage est le temps de ses expériences : ses passions en sont les instrumens ; mais après avoir appliqué son ame aux objets extérieurs pour les sentir, il la retire au dedans de lui, pour les considérer, les comparer, les connaître.

LIBERTÉ DE L'HOMME.

Nul être matériel n'est actif par lui-même, et moi je le suis. On a beau me disputer cela, je le sens ; et ce sentiment qui parle est plus fort que la raison qui le combat. J'ai un corps sur lequel les autres agissent, et qui agit sur eux : cette action réciproque n'est pas douteuse, mais ma volonté est indépendante de mes sens : je consens ou je résiste, je succombe ou je suis vainqueur; et je sens parfaitement en moi-même quand je fais ce que j'ai voulu faire, ou quand je ne fais que céder à mes passions. J'ai toujours la puissance de vouloir, non la force d'exécuter. Quand je me livre aux sensations, j'agis selon l'impulsion des objets externes. Quand je me reproche cette faiblesse, je n'écoute que ma volonté : je suis esclave par mes vices et libre par mes remords; le sentiment de ma liberté ne s'efface en moi que quand je me déprave, et que j'empêche enfin la voix de l'ame de s'élever contre la loi du corps.

Je ne connais la volonté que par le sentiment de la mienne, et l'entendement ne m'est pas mieux connu. Quand on me demande quelle est la cause qui détermine ma volonté, je demande, à mon tour, quelle est la cause qui détermine mon jugement : car il est clair que ces deux causes ne font qu'une, et, si l'on comprend bien que l'homme est actif dans ses jugemens, que son entendement n'est que le pouvoir de comparer et de juger, on verra que sa liberté n'est qu'un pouvoir semblable, ou dérivé de celui-là. Il choisit le bon comme il a jugé le vrai; s'il juge faux, il choisit le mal. Quelle est donc la cause qui détermine sa volonté? c'est son jugement. Et quelle est la cause qui détermine son jugement? c'est sa faculté intelligente, c'est sa puissance de juger : la cause déterminante est en lui-même. Passé cela, je n'entends plus rien.

Sans doute je ne suis pas libre de ne pas vouloir mon propre bien, je ne suis pas libre de vouloir mon mal; mais ma liberté consiste en cela même, que je ne puis vouloir que ce qui m'est convenable, ou que j'estime tel, sans que rien d'étranger à moi me détermine. S'ensuit-il que je ne sois pas mon maître d'être un autre que moi?

Le principe de toute action est dans la volonté d'en être libre: on ne saurait remonter au-delà. Ce n'est pas le mot de liberté qui ne signifie rien, c'est celui de nécessité. Supposer quelque acte, quelque effet qui ne dérive pas d'un principe actif, c'est vraiment supposer des effets sans cause, c'est tomber dans le cercle vicieux. Ou il n'y a point de première impulsion, ou toute première impulsion n'a nulle cause antérieure, et il n'y a point de véritable volonté sans liberté. L'homme est donc libre dans ses actions, et comme tel, animé d'une substance immatérielle.

Si l'homme est actif et libre, il agit de lui-même; tout ce qu'il fait librement n'entre point dans le système ordonné de la providence, et ne peut lui être imputé. Elle ne veut point le mal que fait l'homme, en abusant de la liberté qu'elle lui donne; mais elle ne l'empêche pas de le faire, soit que, de la part d'un être si faible, ce mal soit nul à ses yeux; soit qu'elle ne pût l'empêcher sans gêner sa liberté, et faire un mal plus grand en dégradant sa nature. Elle l'a fait libre afin qu'il fît non le mal, mais le bien par le choix, en usant bien des facultés dont elle l'a doué: mais elle a tellement borné ses forces, que l'abus de la liberté qu'elle lui laisse ne peut troubler l'ordre général. Le mal que l'homme fait retombe sur lui, sans rien changer au système du monde, sans empêcher que l'espèce humaine elle-même ne se conserve malgré qu'elle en ait. Murmurer de ce que Dieu ne l'empêche pas de faire le mal, c'est murmurer de ce qu'il le fit d'une nature excellente, de ce qu'il mit à ses actions la moralité qui les ennoblit, de ce qu'il lui donna droit à la vertu. La suprême jouissance est dans le contentement de soi-même : c'est pour mériter ce contentement que nous sommes placés sur la terre et doués de la liberté; que nous sommes tentés par les passions et retenus par la conscience. Que pouvait de plus en notre faveur la puissance divine elle-même ? pouvait-elle mettre de la contradiction dans notre nature, et donner le prix d'avoir bien fait à qui n'eut pas le pouvoir de mal faire ? quoi ! pour empêcher l'homme d'être méchant, fallait-il le borner à l'instinct et le faire bête ? non, Dieu de mon ame, je ne te reprocherai jamais de l'avoir faite à ton image, afin que je pusse être libre, bon et heureux comme toi !

NATURE DE L'HOMME, IMMATÉRIALITÉ DE L'AME.

En méditant sur la Nature de l'Homme, j'y découvre deux principes distincts, dont l'un l'élève à l'étude des vérités éternelles, à l'amour de la justice et du beau moral, aux régions du monde intellectuel, dont la contemplation fait les délices du sage, et dont l'autre le ramène bassement en lui-même, l'asservit à l'empire des sens, aux passions qui sont leurs ministres contrarie par elles tout ce que lui inspire le timent du premier. En me sentant entra combattu par ces deux mouvemens contrai je me dis : non, l'Homme n'est point un veux et je ne veux pas ; je me sens à la fois clave et libre ; je vois le bien, je l'aime, fais le mal : je suis actif quand j'écoute la rai passif quand mes passions m'entraînent, et pire tourment, quand je succombe, est de se que j'aurais pu résister.

Si se préférer à tout est un penchant nat à l'homme, et si pourtant le premier sentin de la justice est inné dans le cœur humain, celui qui fait de l'homme un être simple lève contradictions, et je ne reconnais plus qu substance. Par ce mot de substance, j'ent en général l'être doué de quelque qualité pr tive et abstraction faite de toutes modificat particulières ou secondaires. Si donc toutes qualités primitives qui nous sont connues vent se réunir dans un même être, on ne admettre qu'une substance ; mais s'il y en a l'excluent mutuellement, il y a autant de di ses substances qu'on peut faire de pareille clusions.

Je n'ai besoin, quoi qu'en dise Locke, de naître la matière que comme étendue et di ble, pour être assuré qu'elle ne peut penser quand un philosophe viendra me dire que arbres sentent, et que les rochers pensent aura beau m'embarrasser dans ses argum subtils, je ne puis voir en lui qu'un sophiste mauvaise foi, qui aime mieux donner le se ment aux pierres, que d'accorder une ame à l'homme.

Supposons un sourd qui nie l'existence des sons, parce qu'ils n'ont jamais frappé son oreille : je mets sous ses yeux un instrument à corde, dont je fais sonner l'unisson par un autre instrument caché : le sourd voit frémir la corde, je lui dis, c'est le son qui fait cela. Point du tout, répond-il ; la cause du frémissement de la corde est en elle-même : c'est une qualité commune à tous les corps de frémir ainsi. Montrez-moi donc, reprends-je, ce frémissement dans les autres corps, ou du moins sa cause dans cette corde ? je ne puis, replique le sourd ; mais parce que je ne conçois pas comment frémit cette corde, pourquoi faut-il que j'aille expliquer cela par vos sons, dont je n'ai pas la moindre idée ? c'est expliquer un fait obscur, par une cause encore plus obscure. Ou rendez-moi vos sons sensibles, ou je dis qu'ils n'existent pas. Plus je réfléchis sur la pensée et sur la nature de l'esprit humain, plus je trouve que le raisonnement des Matérialistes ressemble à celui de ce sourd. Ils sont sourds, en effet, à la voix intérieure qui leur crie d'un ton difficile à le méconnaître : une machine ne pense point : il n'y a ni mouvement ni figure qui produise la réflexion : quelque chose en toi cherche à briser les liens qui te compriment : l'espace n'est pas ta mesure, l'univers entier n'est pas assez grand pour toi ; tes sentimens, tes désirs, ton inquiétude, ton orgueil même, ont un autre principe que ce corps étroit dans lequel tu te sens enchaîné.

Si l'ame est immatérielle, elle peut survivre

au corps ; et, si elle lui survit, la providenc justifiée. Quand je n'aurais d'autre preuv l'immatérialité de l'ame, que le triomphe méchant, et l'oppression du juste en ce mo cela seul m'empêcherait d'en douter. Une si quante dissonnance dans l'harmonie univer me ferait chercher à la résoudre. Je me dir tout ne finit pas pour nous avec la vie, rentre dans l'ordre à la mort. J'aurais, à l rité, l'embarras de me demander où est l'l me, quand tout ce qu'il avait de sensible détruit. Cette question n'est plus une diffic pour moi, sitôt que j'ai reconnu deux subs ces. Il est très-simple que durant ma vie co relle, n'apercevant rien que par mes sens qui ne leur est pas soumis m'échappe. Q l'union du corps et de l'ame est rompue conçois que l'un peut se dissoudre et l'autr conserver. Pourquoi la destruction de l'un traînerait-elle la destruction de l'autre ? au c traire, étant de natures si différentes, ils étai par leur union, dans un état violent ; et qu cette union cesse, ils rentrent tous deux d leur état naturel. La substance active et viv regagne toute la force qu'elle employait à m voir la substance passive et morte. Hélas ! j sens trop par mes vices : l'homme ne vit moitié durant sa vie, et la vie de l'ame ne c mence qu'à la mort du corps.

Je conçois comment le corps s'use et se dét par la division des parties ; mais je ne puis c cevoir une destruction pareille de l'être pens et n'imaginant point comment il peut mourir présume qu'il ne meurt pas. Puisque cette somption me console, et n'a rien de déraisonnable, pourquoi craindrais-je de m'y livrer ?

Je sens mon ame, je la connais par le sentiment et la pensée ; je sais qu'elle est, sans savoir quelle est mon essence ; je ne puis raisonner sur des idées que je ne connais pas. Ce que je sais bien, c'est que l'identité du *moi* ne se prolonge que par la mémoire ; et que pour être le même en effet, il faut que je me souvienne d'avoir été. Or, je ne saurais me rappeler après ma mort ce que j'ai été durant ma vie, sans me rappeler aussi ce que j'ai senti : par conséquent ce que j'ai fait ; et je ne doute point que ce souvenir ne fasse un jour la félicité des bons et le tourment des méchans. Ici bas mille passions ardentes absorbent le sentiment interne, et donnent le change aux remords. Les humiliations, les disgraces qu'attire l'exercice des vertus, empêchent d'en sentir tout le charme. Mais quand, délivrés des illusions que nous font les corps et les sens, nous jouirons de la contemplation de l'être suprême et des vérités éternelles dont il est la source, quand la beauté de l'ordre frappera toutes les puissances de notre ame, et que nous serons uniquement occupés à comparer ce que nous avons fait avec ce que nous aurions dû faire, c'est alors que la voix de la conscience reprendra sa force et son empire ; c'est alors que la volonté pure qui naît du contentement de soi-même, et le regret amer de s'être avili, distingueront par des sentimens inépuisables le sort que chacun se sera préparé.

Plus je rentre en moi, plus je me consulte, et plus je lis ces mots écrits dans mon ame :

Sois juste, et tu seras heureux. Il n'en est rien pourtant, à considérer l'état présent des choses : le méchant prospère, et le juste reste opprimé. Voyez aussi quelle indignation s'allume en nous quand cette attente est frustrée ! La conscience s'élève et murmure contre son auteur ; elle lui crie en gémissant : tu m'as trompé. Je t'ai trompé, téméraire ! et qui te l'a dit ? ton ame est-elle anéantie ? as-tu cessé d'exister ? ô Brutus ! ô mon fils ! ne souille point ta noble vie en la finissant ; ne laisse point ton espoir et ta gloire avec ton corps aux champs de Philippes. Pourquoi dis-tu : *La vertu n'est rien*, quand tu vas jouir du prix de la tienne ? Tu vas mourir, penses-tu ? non, tu vas vivre, et c'est alors que je tiendrai tout ce que je t'ai promis.

RAISON.

L'une des acquisitions de l'homme, et même des plus lentes, est la Raison. L'homme apprend à voir des yeux de l'esprit, ainsi que des yeux du corps ; mais le premier apprentissage est bien plus long que l'autre, parce que les rapports des objets intellectuels ne se mesurant pas comme l'étendue, ne se trouvent que par estimation, et que nos premiers besoins, nos besoins physiques, ne nous rendent pas l'examen de ces mêmes objets si intéressants. Il faut apprendre à voir deux objets à la fois ; il faut apprendre à les comparer entre eux ; il faut apprendre à comparer les objets en grand nombre, à remonter par dégrés aux causes, à les suivre dans leurs effets ; il faut avoir combiné des infinités de rapports pour acquérir des idées de convenance, de proportion, d'harmonie et d'ordre. L'homme qui, privé du secours de ses semblables, et sans cesse occupé de pourvoir à ses besoins, est réduit en toute chose à la seule marche de ses propres idées, fait un progrès bien lent de ce côté-là : il vieillit et meurt avant d'être sorti de l'enfance de la raison.

ENTENDEMENT DE L'HOMME.

On connnaît ou l'on peut connaître le premier point d'où part chacun de nous pour arriver au dégré commun de l'Entendement ; mais qui est-ce qui connaît l'autre extrémité ? Chacun avance plus ou moins selon son génie, son goût, ses besoins, ses talens, son zèle, et les occasions qu'il a de s'y livrer. Je ne sache pas qu'aucun philosophe ait encore été assez hardi pour dire : Voilà le terme ou l'homme peut parvenir, et qu'il ne saurait passer. Nous ignorons ce que notre nature nous permet d'être ; nul de nous n'a mesuré la distance qui peut se trouver entre un homme et un autre homme. Quelle est l'âme basse que cette idée n'échauffa jamais, et qui ne se dit pas quelquefois dans son orgueil : Combien j'en ai déjà passé ! combien j'en puis encore atteindre ! pourquoi mon égal irait-il plus loin que moi ?

GRANDEUR DE L'HOMME.

L'homme est le roi de la terre qu'il habite ; car non-seulement il dompte tous les animaux, non-seulement il dispose des élémens par son industrie ; mais lui seul sur la terre en sait disposer, et il s'approprie encore, par la contemplation, les astres mêmes dont il ne peut approcher. Qu'on me montre un autre animal sur la terre qui sache faire usage du feu, et qui sache admirer le Soleil. Quoi ! je puis observer, connaître les êtres et leurs rapports ; je puis sentir ce que c'est qu'ordre, beauté, vertu, je puis contempler l'univers, m'élever à la main qui le gouverne, je puis aimer le bien, le faire, et je me comparerais aux bêtes ? Ame abjecte ! c'est ta triste philosophie qui te rend semblable à elles, ou plutôt tu veux en vain t'avilir ; ton génie dépose contre tes principes, ton cœur bienfaisant dément ta doctrine et l'abus même de tes facultés prouve leur excellence en dépit de toi.

FAIBLESSE DE L'HOMME.

Quand on dit que l'homme est faible, que veut-on dire ? Ce mot de faiblesse indique un rapport ; un rapport de l'être auquel on l'applique. Celui dont la force passe les besoins, fût-il un insecte, un ver, est un être fort ; celui dont les besoins passent la force ; fut-il un éléphant, un lion ; fût-il un conquérant, un héros, fût-il un Dieu même, c'est un être faible. L'Ange rebelle qui méconnut sa nature, était plus faible que l'heureux mortel qui vit en paix selon la sienne. L'Homme est très-fort quand il se contente d'être ce qu'il est : il est très-faible quand il veut s'élever au-dessus de l'humanité. N'allez donc pas vous figurer qu'en étendant vos facultés , vous étendez vos forces ; vous les diminuez, au contraire, si votre orgueil s'étend plus qu'elles. Mesurons le rayon de notre sphère, et restons au centre, comme l'insecte au milieu de sa toile : nous nous suffirons toujours à nous-mêmes, et nous n'aurons point à nous plaindre de notre faiblesse ; car nous ne la sentirons jamais.

SAGESSE HUMAINE.

Le grand défaut de la Sagesse Humaine, même de celle qui n'a que la vertu pour objet, est un excès de confiance qui nous fait juger de l'avenir par le présent, et par un moment de la vie entière. On se sent ferme un instant, et l'on compte n'être jamais ébranlé. Plein d'un orgueil que l'expérience confond tous les jours, on croit n'avoir plus à craindre un piége une fois évité. Le modeste langage de la vaillance est : *Je fus brave un tel jour ;* mais celui qui dit : *Je suis brave*, ne sait ce qu'il sera demain, et tenant pour sienne une valeur qu'il ne s'est pas donnée, il mérite de la perdre au moment de s'en servir.

Que tous nos projets doivent être ridicules ! que tous nos raisonnemens doivent être insensés devant l'Etre pour qui les temps n'ont point de succession, ni les lieux de distance ! Nous comptons pour rien ce qui est loin de nous, nous ne voyons que ce qui nous touche : quand nous aurons changé de lieu, nos jugemens seront tout contraires, et ne seront pas mieux fondés. Nous réglons l'avenir sur ce qui nous convient aujourd'hui, sans savoir ce qui nous conviendra demain ; nous jugeons de nous comme étant toujours les mêmes, et nous changeons tous les jours. Qui sait si nous aimerons ce que nous aimons, si nous voudrons ce que nous voulons, si nous serons ce que nous sommes, si les objets étragers et les altérations de nos corps n'auront pas autrement modifié nos ames, et si nous ne trouverons pas notre misère dans ce que nous aurons arrangé pour notre bonheur? Montrez-moi la règle de la Sagesse Humaine, et je vais la prendre pour guide ; mais si la meilleure leçon est de nous apprendre à nous défier d'elle, recourons à celle qui ne trompe point, et faisons ce qu'elle nous inspire.

HOMME SAUVAGE.

Les désirs de l'Homme sauvage ne passent pas ses besoins physiques : les seuls biens qu'il connaisse dans l'univers sont la nourriture, une femelle et le repos : et les seuls maux qu'il craigne, sont la douleur et non la mort ; car jamais l'animal ne saura ce que c'est que mourir ; et la connaissance de la mort et de ses terreurs est une des premières acquisitions que l'homme ait faites en s'éloignant de la condition animale.

Seul, oisif, et toujours voisin du danger, l'Homme sauvage doit aimer à dormir et à avoir le sommeil léger, comme les animaux qui pensant peu dorment pour ainsi dire tous le temps qu'ils ne pensent point. Sa propre conservation faisant presque son unique soin, ses facultés les plus exercées doivent être celles qui ont pour objet principal l'attaque et la défense, soit pour subjuguer sa proie, soit pour se garantir d'être celle d'un autre animal : au contraire, les organes, qui ne se perfectionnent que par la mollesse et la sensualité, doivent rester dans un état de grossièreté, qui exclut en lui toute espèce de délicatesse ; et ses sens ; se trouvant partagés sur ce point, il aura le toucher et le goût d'une rudesse extrême, la vue, l'ouïe et l'odorat de la plus grande subtilité. Tel est l'état animal en général, et c'est aussi, selon le rapport des voyageurs, celui de la plupart des peuples sauvages.

Le corps de l'Homme sauvage étant le seul instrument qu'il connaisse, il l'emploie à divers usages, dont, par le défaut d'exercice, les nôtres sont incapables ; et c'est notre industrie qui nous ôte la force et l'agilité que la nécessité oblige d'acquérir. S'il avait eu une hache, son poignet romprait-il de si fortes branches ? S'il avait eu une fronde, lancerait-il de la main une pierre avec tant de raideur ? S'il avait eu un cheval, serait-il si vîte à la course ? Laissez à l'homme civilisé le temps de rassembler toutes ses machines autour de lui : on ne peut douter qu'il ne surmonte facilement l'Homme sauvage ; mais si vous voulez voir un combat plus inégal encore : mettez-les nus et désarmés vis-à-vis l'un de l'autre, et vous connaîtrez bientôt quel est l'avantage d'avoir sans cesse toute ses forces à sa disposition, d'être toujours prêt à tout événement, et de se porter, pour ainsi dire, toujours tout entier avec soi.

Il y a deux sortes d'Hommes dont les corps sont dans un exercice continuel, et qui sûrement songent aussi peu les uns que les autres à cultiver leur ame, savoir les paysans et les sauvages.

Les premiers sont rustiques, grossiers, maladroits ; les autres, connus par leur grand sens, le sont encore par la subtilité de leur esprit : généralement il n'y a rien de plus lourd qu'un paysan, ni rien de plus fin qu'un sauvage. D'où vient cette différence ? C'est que le premier, faisant toujours ce qu'on lui commande ou ce qu'il a vu faire à son père, ou ce qu'il a fait lui-même dès sa jeunesse, ne va jamais que par routine ; et dans sa vie presqu'automate, occupé sans cesse des mêmes travaux, l'habitude et l'obéissance lui tiennent lieu de raison.

Pour le sauvage c'est autre chose : n'étant attaché à aucun lien, n'ayant point de tache prescrite, n'obéissant à personne, sans autre loi que sa volonté, il est forcé de raisonner à chaque action de sa vie ; il ne fait pas un mouvement, pas un pas, sans en avoir d'avance envisagé les suites. Ainsi, plus son corps s'exerce, plus son esprit s'éclaire: sa force et sa raison croissent à la fois, et s'étendent l'une par l'autre.

HOMME CIVIL.

Le passage de l'état de nature à l'état civil a produit dans l'Homme un changement très-remarquable, en substituant dans sa conduite la justice à l'instinct, et donnant à ses actions la moralité qui leur manquait auparavant. C'est alors seulement que la voix du devoir succédant à l'impulsion physique, et le droit à l'appétit, l'Homme qui jusque là n'avait regardé que lui-même, se voit forcé d'agir sur d'autres principes, et de consulter sa raison avant d'écouter ses penchans. Quoiqu'il se prive dans cet état de plusieurs avantages qu'il tient de la nature, il en regagne de bien grands : ses facultés s'exercent et se développent, ses idées s'étendent, ses sentimens s'ennoblissent, son ame tout entière s'élève à tel point, que si les abus de cette nouvelle condition ne le dégradaient souvent au-dessous de celle dont il est sorti, il devrait bénir sans cesse l'instant heureux qui l'en arracha pour jamais, et qui, d'un animal stupide et borné, fit un être intelligent et un homme.

Où est l'homme de bien qui ne doit rien à son pays ? Quel qu'il soit, il lui doit ce qu'il y a de plus précieux pour l'Homme : la moralité de ses actions et l'amour de la vertu. Né dans le fond d'un bois, il eût vécu plus heureux et plus libre ; mais n'ayant rien à combattre pour suivre ses penchans, il eût été bon sans mérite ; il n'eût point été vertueux, et maintenant il sait l'être malgré ses passions. La seule apparence de l'ordre le porte à le connaître, et à l'aimer. Le bien public, qui ne sert que de prétexte aux autres, est pour lui seul un motif réel. Il apprend à se combattre et à se vaincre, à sacrifier son intérêt à l'intérêt commun. Il n'est pas vrai qu'il ne tire aucun profit des lois : elles lui donnent le courage d'être juste, même parmi les méchans. Il n'est pas vrai qu'elles ne l'ont pas rendu libre : elles lui ont appris à régner sur lui.

Celui qui mange dans l'oisiveté ce qu'il n'a pas gagné lui-même, le vole ; et un rentier que l'Etat paie pour ne rien faire, ne diffère guère, à mes yeux, d'un brigand qui vit aux dépens des passans. Hors de la société, l'Homme isolé ne devant rien à personne . a droit de vivre comme il lui paît ; mais dans la société , où il vit nécessairement aux dépens des autres, il leur doit en travail le prix de son entretien ; cela est sans exception. Travailler est donc un devoir indispensable à l'homme social. Riche ou pauvre , puissant ou faible , tout citoyen oisif est un fripon.

L'Homme et le citoyen , quel qu'il soit , n'a d'autre bien à mettre dans la société que lui-même : tous les autres biens y sont malgré lui ; et quand un homme est riche, ou il ne jouit pas de sa richesse , ou le public en jouit aussi. Dans le premier cas , il vole aux autres ce dont il se prive ; et dans le second , il ne leur donne rien. Ainsi la dette sociale lui reste tout entière , tant qu'il ne paie que de son bien.

DIFFÉRENCE DE L'HOMME POLICÉ ET DE L'HOMME SAUVAGE.

L'Homme Sauvage et l'Homme policé diffèrent tellement par le fond du cœur et des inclinations , que ce qui fait le bonheur suprême de l'un , réduirait l'autre au désespoir. Le premier ne respire que le repos et la liberté , il ne veut que vivre et rester oisif , et le calme même du Stoïcien n'approche pas de sa profonde indifférence pour tout autre objet. Au contraire , le citoyen, toujours actif, sue , s'agite et se tourmente sans cesse pour chercher des occupations encore plus laborieuses : il travaille à la mort, il y court même pour se mettre en état de vivre , ou renonce à la vie pour acquérir de l'immorta lité, il fait sa cour aux grands qu'il hait, et aux riches qu'il méprise : il n'épargne rien pour obtenir l'honneur de les servir ; il se vante orgueilleusement de sa bassesse et de leur protection ; et, fier de son esclavage, il parle avec dédain de ceux qui n'ont pas l'honneur de le partager. Quel spectacle pour un Caraïbe que les travaux pénibles et enviés d'un ministre Européen ! Combien de morts cruelles ne préférerait pas cet indolent sauvage à l'horreur d'une pareille vie, qui souvent n'est pas même adoucie par le plaisir de bien faire ?

Le Sauvage vit en lui-même ; l'Homme social, toujours hors de lui, ne sait vivre que dans l'opinion des autres ; et c'est, pour ainsi dire, de leur seul jugement qu'il tire le sentiment de sa propre existence. De là vient que, demandant toujours aux autres ce que nous sommes, et n'osant jamais nous interroger là-dessus nous-mêmes, au milieu de tant de philosophie, d'humanité, de politesse et de maximes sublimes, nous n'avons qu'un extérieur trompeur et frivole, de l'honneur sans vertu, de la raison sans sagesse, du plaisir sans bonheur.

L'Homme sauvage, quand il a dîné, est en paix avec toute la nature, et l'ami de tous ses semblables. S'agit-il quelquefois de disputer son repas ? il n'en vient jamais aux coups sans avoir auparavant comparé la difficulté de vaincre avec celle de trouver ailleurs sa subsistance ; et comme l'orgueil ne se mêle pas du combat, il se termine par quelques coups de poing ; le vainqueur mange, le vaincu va chercher fortune, et tout est pacifié. Mais chez l'Homme en société, ce sont bien d'autres affaires : il s'agit premièrement de pourvoir au nécessaire et puis au superflu ; ensuite viennent les délices, et puis les immenses richesses, et puis des sujets, et puis des esclaves ; il n'a pas un moment de relâche. Ce qu'il y a de plus singulier, c'est que moins les besoins sont naturels et pressants, plus les passions augmentent, et, qui pis est, le pouvoir de les satisfaire ; de sorte qu'après de longues prospérités, après avoir englouti bien des trésors et désolé bien des hommes, mon héros finira par tout égorger, jusqu'à ce qu'il soit l'unique maître de l'univers. Tel est en abrégé le tableau moral, sinon de la vie humaine, au moins des prétentions secrètes du cœur de tout homme civilisé.

L'HOMME COMPARÉ A L'ANIMAL.

Je ne vois dans tout Animal qu'une machine ingénieuse, à quoi la nature a donné des sens pour se remonter elle-même, et pour se garantir, jusqu'à un certain point, de tout ce qui tend à la détruire, ou à la déranger. J'aperçois précisément les mêmes choses dans la machine humaine, avec cette différence que la nature seule fait tout dans les opérations de la bête, au lieu que l'Homme concourt aux siennes, en qualité d'agent libre. L'un choisit ou rejette par instinct, et l'autre par un acte de liberté : ce qui fait que la bête ne peut s'écarter de la règle qui lui est prescrite, même quand il lui serait avantageux de le faire ; et que l'Homme s'en écarte souvent à son préjudice. C'est ainsi qu'un pigeon mourrait de faim près d'un bassin rempli de viandes, et un chat sur un tas de fruits, ou de grains, quoique l'un et l'autre pussent très-bien se nourrir de l'aliment qu'ils dédaignent, s'ils s'étaient avisés d'en essayer : c'est ainsi que les hommes dissolus se livrent à des excès, qui leur causent la fièvre et la mort ; parce que l'esprit déprave les sens, et que la volonté parle encore quand la nature se taît.

Tout animal a des idées, puisqu'il a des sens ; il combine même ses idées jusqu'à un certain point, et l'homme ne diffère à cet égard de la bête, que du plus au moins. Quelques philosophes ont même avancé qu'il y a plus de différence de tel Homme à tel Homme, que de tel Homme à telle Bête ; ce n'est donc pas tant l'entendement qui fait, parmi les animaux, la distinction spécifique de l'homme, que sa qualité d'agent libre. La nature commande à tout animal, et la bête obéit. L'homme éprouve la même impression, mais il se connaît libre d'acquiescer ou de résister ; et c'est surtout dans la confiance de cette liberté que se montre la spiritualité de son ame : car la physique explique en quelque manière le mécanisme des sens, et la formation des idées ; mais dans la puissance de vouloir, ou plutôt de choisir, et dans le sentiment de cette puissance, on ne trouve que des actes purement spirituels, dont on n'explique rien par les lois de la mécanique.

Mais quand les difficultés qui environnent toutes ces questions, laisseraient quelque lieu de disputer sur cette différence de l'Homme et de l'Animal, il y a une autre qualité très-spécifique qui les distingue, et sur laquelle il ne peut y avoir de contestation, c'est la faculté de se perfectionner : faculté qui, à l'aide des circonstances, développe successivement toutes les autres, et réside parmi nous tant dans l'espèce que dans l'individu ; au lieu qu'un animal est, au bout de quelques mois, ce qu'il sera toute sa vie, et son espèce, au bout de mille ans, ce qu'elle était la première année de ces mille ans. Pourquoi l'Homme seul est-il sujet à devenir imbécile ? N'est-ce point qu'il retourne ainsi dans son état primitif, et que, tandis que la bête, qui n'a rien acquis et qui n'a rien non plus à perdre, reste toujours avec son instinct, l'Homme perdant, par la vieillesse ou d'autres accidens, tout ce que la *perfectibilité* lui avait fait acquérir, retombe ainsi plus bas que la bête même.

FEMME.

La Femme est faite spécialement pour plaire à l'homme : si l'homme doit lui plaire à son tour, c'est d'une nécessité moins directe : son mérite est dans sa puissance, il plaît par cela seul qu'il est fort. Ce n'est pas ici la loi de l'amour, j'en conviens, mais c'est celle de la nature, antérieure à l'amour même.

La rigidité des devoirs relatifs des deux sexes n'est, ni ne peut être la même. Quand la femme se plaint là-dessus de l'injuste inégalité qu'y met l'homme, elle a tort ; cette inégalité n'est point une institution humaine, ou du moins elle n'est point l'ouvrage du préjugé, mais de la raison : c'est à celui des deux que la nature a chargé du dépôt des enfans, d'en répondre à l'autre. Sans doute il n'est permis à personne de violer sa foi, et tout mari infidèle qui prive sa femme du seul prix des austères devoirs de son sexe est un homme injuste et barbare : mais la femme fait plus, elle dissout la famille, et brise tous les liens de la nature. En donnant à l'homme des enfans qui ne sont pas à lui, elle trahit les uns et les autres, elle joint la perfidie à l'infidélité. J'ai peine à voir quel désordre et quel crime ne tient pas à celui-là. S'il est un état affreux au monde, c'est celui d'un malheureux père, qui, sans confiance en sa femme, n'ose se livrer aux plus doux sentimens de son cœur ; qui doute, en embrassant son enfant, s'il n'embrasse point l'enfant d'un autre, le gage de son déshonneur, le ravisseur du bien de ses propres enfans. Qu'est-ce alors que la famille, si ce n'est une société d'ennemis secrets qu'une femme arme l'un contre l'autre, en les forçant de feindre et de s'entr'aimer ?

Les anciens avaient en général un très-grand respect pour les femmes ; mais ils marquaient ce respect en s'abstenant de les exposer au jugement du public, et croyaient honorer leur modestie, en se taisant sur leurs autres vertus. Ils avaient pour maxime, que le pays où les mœurs étaient plus pures, était celui où l'on parlait le moins des femmes, et que la femme la plus honnête était celle dont on parlait le moins. C'est sur ce principe qu'un Spartiate, entendant un étranger faire de magnifiques éloges d'une dame de sa connaissance, l'interrompit en colère : Ne cesseras-tu point, lui dit-il, de médire d'une femme de bien ? De là venait encore que dans leurs comédies, les rôles d'amoureuses et de filles à marier ne représentaient jamais que des esclaves ou des filles publiques. Ils avaient une telle idée de la modestie du sexe, qu'ils auraient cru manquer aux égards qu'ils lui devaient, de mettre une honnète fille sur la scène, seulement en représentation. En un mot, l'image du vice à découvert les choquait moins que celle de la pudeur offensée.

Chez nous, au contraire, la femme la plus estimée est celle qui fait le plus de bruit, de qui l'on parle le plus ; qu'on voit le plus dans le monde ; chez qui l'on dine le plus souvent ; qui donne le plus impérieusement le ton ; qui juge, tranche, décide, prononce, assigne aux talens, aux mérites, aux vertus, leurs dégrés et leurs places, et dont les humbles savans mendient le plus bassement la faveur. Sur la scène, c'est pis encore. Au fond, dans le monde elles ne savent rien, quoiqu'elles jugent de tout ; mais au théâtre, savantes du savoir des hommes, philosophes, grâce aux auteurs, elles écrasent notre sexe de ses propres talens ; et les imbéciles spectateurs vont bonnement apprendre des femmes ce qu'ils ont pris soin de leur dicter. Tout cela, dans le vrai, c'est se moquer d'elles, c'est les taxer d'une vanité puérile; et je ne doute pas que les plus sages n'en soient indignées. Parcourez la plupart des pièces modernes : c'est toujours une femme qui fait tout, qui apprend tout aux hommes ; c'est toujours la Dame de cour qui fait dire le catéchisme au petit Jean de Saintré. Un enfant ne saurait se nourrir de son pain, s'il n'est coupé par sa gouvernante. Voilà l'image de ce qu se passe aux nouvelles pièces. La bonne est sur le théâtre, et les enfans sont dans le parterre.

La première et la plus importante qualité d'une femme est la douceur; faite pour obéir à un être aussi imparfait que l'homme, souvent si plein de défauts, elle doit apprendre de bonne heure à souffrir même l'injustice, et à supporter les torts d'un mari sans se plaindre. Ce n'est pas pour lui, c'est pour elle qu'elle doit être douce : l'aigreur et l'opiniâtreté des femmes ne font jamais qu'augmenter leurs maux et les mauvais procédés des maris; ils sentent que ce n'est pas avec ces armes-là, qu'elles doivent les vaincre. Le ciel ne les fit point insinuantes et persuasives, pour devenir acariâtres; il ne les fit point faibles pour être impérieuses; il ne leur donna point une voix si douce, pour dire des injures; il ne leur fit point des traits si délicats pour les défigurer par la colère. Quand elles se fâchent, elles s'oublient; elles ont souvent raison de se plaindre, mais elles ont toujours tort de gronder. Chacun doit garder le ton de son sexe; un mari trop doux peut rendre une femme impertinente; mais, à moins qu'un homme ne soit un monstre, la douceur d'une femme le ramène, et triomphe de lui tôt ou tard.

La femme a tout contre elle : nos défauts, sa timidité, sa faiblesse; elle n'a pour elle que son art et sa beauté : n'est-il pas juste qu'elle cultive l'un et l'autre? Mais la beauté n'est pas générale; elle périt par mille accidens; elle passe avec les années; l'habitude en détruit l'effet. L'esprit seul est la véritable ressource du sexe : non ce sot esprit auquel on donne tant de prix dans le monde, et qui ne sert à rien pour rendre la vie heureuse ; mais l'esprit de son état, l'art de tirer parti du nôtre, et de se prévaloir de nos propres avantages.

Les Femmes ont la langue flexible, elles parlent plutôt, plus aisément et plus agréablement que les hommes : on les accuse aussi de parler davantage, cela doit être, et je changerais volontiers ce reproche en éloge. La bouche et les yeux ont chez elles la même activité, et par la même raison. L'homme dit ce qu'il sait, la femme dit ce qui plait : l'un pour parler a besoin de connaissances, et l'autre de goût : l'un doit avoir pour objet principal les choses utiles, l'autre les agréables. Leurs discours ne doivent avoir de formes communes que celles de la vérité.

Les Femmes ne sont pas faites pour courir ; quand elles fuient, c'est pour être atteintes. La course n'est pas la seule chose qu'elles fassent mal-adroitement ; mais c'est la seule qu'elles fassent de mauvaise grace : leurs coudes en arrière et collés contre leurs corps, leur donnent une attitude risible, et les hauts talons sur lesquels elles sont juchées, les font paraître autant de sauterelles qui voudraient courir sans sauter.

Consultez le goût des Femmes dans les choses physiques et qui tiennent au jugement des sens, celui des hommes dans les choses morales, et qui dépendent plus de l'entendement. Quand les Femmes seront ce qu'elles doivent être, elles se borneront aux choses de leur compétence, et jugeront toujours bien ; mais depuis qu'elles se sont établi les arbitres de la littérature, depuis qu'elles se sont mises à juger les livres, et à en faire à toute force, elles ne se connaissent plus à rien. Les auteurs qui consultent les femmes sur leurs ouvrages, sont toujours sûrs d'être mal conseillés ; les galans qui les consultent sur les parures, sont toujours ridiculement mis.

La recherche des vérités abstraites et spéculatives, des principes, des axiomes dans les sciences, tout ce qui tend à généraliser les idées n'est point du ressort des femmes ; leurs études doivent se rapporter toutes à la pratique ; c'est à elles à faire l'application des principes que l'homme a trouvés, et c'est à elles de faire les observations qui mènent l'homme à l'établissement des principes. Toutes les réflexions des femmes, en ce qui ne tient pas immédiatement à leurs devoirs, doivent tendre a l'étude des hommes ou aux connaissances agréables qui n'ont que le goût pour objet : car, quant aux ouvrages de génie, ils passent leur portée ; elles n'ont pas non plus assez de justesse et d'attention pour réussir aux sciences exactes, et quant aux connaissances physiques, c'est à celui des deux qui est le plus agissant, le plus allant, qui voit le plus d'objets, c'est à celui qui a le plus de force, et qui l'exerce d'avantage, à juger des rapports des êtres sensibles et des lois de la nature. La femme, qui est faible et qui ne voit rien au-dehors, apprécie et juge les mobiles qu'elle peut mettre en œuvre pour suppléer à sa faiblesse, et ces mobiles sont les passions de l'homme. Sa mécanique à elle est plus forte que la nôtre, tous ses leviers font ébranler le cœur humain. Tout ce que son sexe ne peut faire par lui-même et qui lui est nécessaire ou agréable, il faut qu'il ait l'art de le faire faire : il faut donc qu'elle étudie fond l'esprit de l'homme, non par abstractio l'esprit de l'homme en général, mais l'espr des hommes qui l'entourent, l'esprit des hom mes auxquels elle est assujettie, soit par la loi soit par l'opinion. Il faut qu'elle apprenne à pé nétrer leurs sentimens par leurs discours, pa leurs actions, par leurs regards, par leurs ges tes. Il faut, que, par ses discours, par ses ac tions, par ses regards, par ses gestes, ell sache leur donner les sentimens qu'il lui plaît sans même paraître y songer. Ils philosopheron mieux qu'elle sur le cœur humain ; mais elle lir mieux qu'eux dans le cœur des hommes. C'es aux femmes à trouver, pour ainsi dire, la mo rale expérimentale, à nous à la réduire en systè me. La femme a plus d'esprit, et l'homme plu de génie ; la femme observe et l'homme rai sonne : de ce concours résultent la lumière plus claire et la science la plus complette qu puisse acquérir de lui-même l'esprit humain la plus sûre connaissance, en un mot, de soi des autres qui soit à la portée de notre espèce.

Le monde est le livre des femmes : quand ell y lisent mal, c'est leur faute, ou quelque pa sion les aveugle.

La raison des femmes est une raison pratiqu qui leur fait trouver très-habilement les moye d'arriver à une fin connue, mais qui ne le fait pas trouver cette fin.

Les femmes ont le jugement plutôt formé qu les hommes : étant sur la défensive presque dè leur enfance et chargées d'un dépôt difficile garder, le bien et le mal leur sont nécessaire ment plutôt connus.

Si la raison d'ordinaire est plus faible et s'éteint plutôt chez les femmes, elle est aussi plutôt formée, comme un frêle tournesol croît et meurt avant un chêne.

La présence d'esprit, la pénétration, les observations fines, sont la science des femmes, l'habileté de s'en prévaloir est leur talent.

Les femmes sont fausses, nous dit-on ; elles le deviennent. Le don qui leur est propre est l'adresse et non pas la fausseté ; dans les vrais penchans de leur sexe, même en mentant, elles ne sont point fausses. Pourquoi consultez-vous leur bouche, quand ce n'est pas elle qui doit parler ? Consultez leurs yeux, leur teint, leur respiration, leur air craintif, leur molle résistance : voilà le langage que la nature leur donne pour vous répondre. La bouche dit toujours non, et doit le dire ; mais l'accent qu'elle y joint, n'est pas toujours le même, et cet accent ne sait point mentir.

L'éducation des Femmes doit être relative aux hommes. Leur plaire, leur être utiles, se faire aimer et honorer d'eux, les élever jeunes, les soigner grands, les conseiller, les consoler, leur rendre la vie agréable et douce, voilà les devoirs des femmes dans tous les temps, et ce qu'on doit leur apprendre dès leur enfance.

L'ascendant que les femmes ont sur les hommes n'est pas un mal en soi ; c'est un présent que leur a fait la nature pour le bonheur du genre humain : mieux dirigé, il pourrait produire autant de bien qu'il fait de mal aujourd'hui. On ne sent point assez quels avantages naîtraient dans la société d'une meilleure éducation donnée à cette moitié du genre humain, qui gouverne l'autre. Les hommes seront toujours ce qu'il plaira aux femmes; si vous voulez donc qu'ils deviennent grands et vertueux, apprenez aux femmes ce que c'est que grandeur d'âme et vertu.

L'empire des Femmes sur les hommes n'est point à elles, parce que les hommes l'ont voulu, mais parce qu'ainsi le veut la nature : il était à elles avant qu'elles parussent l'avoir. Ce même Hercule, qui crut faire violence aux cinquante filles de Thespius, fut pourtant contraint de filer près d'Omphale; et le fort Samson n'était pas si fort que Dalila. Cet empire est aux femmes et ne peut leur être ôté, même quand elles en abusent : si jamais elles pouvaient le perdre, il y a longtemps qu'elles l'auraient perdu.

Il est certain que les femmes seules pourraient ramener l'honneur et la probité parmi nous; mais elles dédaignent des mains de la vertu, un empire qu'elles ne veulent devoir qu'à leurs charmes.

Que de grandes choses on ferait avec le désir d'être estimé des femmes, si l'on savait mettre en œuvre ce ressort! Malheur au siècle où les femmes perdent leur ascendant, et où leurs jugemens ne font plus rien aux hommes! C'est le dernier dégré de la dépravation. Tous les peuples qui ont eu des mœurs, ont respecté les femmes. Voyez Sparte; voyez les Germains; voyez Rome, Rome le siége de la gloire et de la vertu, si jamais elles en eurent un sur la terre. C'est là que les femmes honoraient les exploits des grands généraux, qu'elles pleuraient publiquement les pères de la patrie, que leurs vœux ou leurs deuils étaient consacrés comme le plus solennel jugement de la république. Toutes les grandes révolutions y vinrent des femmes : par une femme Rome acquit la liberté ; par une femme les Plébéïens obtinrent le consulat ; par une femme finit la tyrannie des décemvirs ; par les femmes Rome assiégée fut sauvée des mains d'un proscrit. Galants Français, qu'eussiez-vous dit en voyant passer cette procession, si ridicule à vos yeux moqueurs ? Vous l'eussiez accompagnée de vos huées. Que nous voyons d'un œil différent les mêmes objets ! et peut-être avons nous tous raison. Formez ce cortége de belles dames Françaises : je n'en connais point de plus indécent ; mais composez-le de Romaines : vous aurez tous les yeux des Volsques, et le cœur de Coriolan.

Femmes ! femmes ! objets chers et funestes, que la nature orna pour notre supplice, qui punissez quand on vous brave; qui poursuivez quand on vous craint ; dont la haine et l'amour sont également nuisibles ; qu'on ne peut rechercher ni fuir impunément ! beauté, charme, attrait, sympathie, être ou chimère inconcevable, abyme de douleurs et de volupés ! beauté, plus terrible aux mortels que l'élément ou l'on t'a fait naître, malheureux qui se livre à ton calme trompeur ! C'est toi qui produis les tempêtes qui tourmentent le genre humain.

FILLES.

Les filles doivent être vigilantes et laborieuses; ce n'est pas tout, elle doivent être gênées de bonne heure. Ce malheur, si c'en est un pour elles, est inséparable de leur sexe, et jamais elles ne s'en délivrent que pour en souffrir de bien plus cruels. Elles seront toute leur vie asservies à la gêne la plus continuelle et la plus sévère, qui est celle des bienséances : il faut les exercer d'abord à la contrainte, afin qu'il ne leur en coûte jamais rien pour dompter toutes leurs fantaisies, et pour se soumettre aux volontés d'autrui.

Une petite fille qui aimera sa mère ou sa mie, travaillera tout le jour à ses côtés sans ennui : le babil seul la dédommagera de toute sa gêne. Mais si celle qui la gouverne lui est insupportable, elle prendra dans le même dégoût tout ce qu'elle fera sous ses yeux. Il est très-difficile que celles qui ne se plaisent pas avec leur mère plus qu'avec personne au monde, puissent un jour tourner à bien : mais pour juger de leurs vrais sentimens, il faut les étudier, et non pas se fier à ce qu'elles disent ; car elles sont flatteuses, dissimulées, et savent de bonne heure se déguiser.

La première chose que remarquent en grandissant les jeunes personnes, c'est que tous les agrémens de la parure ne leur suffisent point, si elles n'en ont qui soient à elles. On ne peut jamais se donner la beauté, et l'on n'est pas sitôt en état d'acquérir la coquetterie ; mais on peut déjà chercher à donner un tour agréable à ses gestes, un accent flatteur à sa voix, à composer son maintien, à marcher avec légèreté, à prendre des attitudes gracieuses, et à choisir partout ses avantages. La voix s'étend, s'affermit et prend du timbre, les bras se développent, la démarche s'assure, et l'on s'aperçoit que, de quelque manière qu'on soit mise, il y a un art de se faire regarder. Dès-lors il ne s'agit plus seulement d'aiguille et d'industrie : de nouveaux talens se présentent, et font déjà sentir leur utilité.

En France, les filles vivent dans des couvens, et les femmes courent le monde. Chez les anciens c'était tout le contraire : les filles avaient beaucoup de jeux et de fêtes publiques : les femmes vivaient retirées. Cet usage était plus raisonnable et maintenait mieux les mœurs. Une sorte de coquetterie est permise aux filles à marier, s'amuser est leur grande affaire. Les femmes ont d'autres soins chez elles, et n'ont plus de maris à chercher ; mais elles ne trouveraient pas leur compte à cette réforme, et malheureusement elles donnent le ton.

Il est indigne d'un homme d'honneur, d'abuser de la simplicité d'une jeune fille, pour usurper en secret les mêmes libertés qu'elle peut souffrir devant tout le monde. Car on sait ce que la bienséance peut tolérer en public, mais on ignore où s'arrête, dans l'ombre du mystère, celui qui se fait seul juge de ses fantaisies.

Voulez-vous inspirer l'amour des bonnes mœurs aux jeunes personnes ? Sans leur dire incessament : soyez sages ; donnez-leur un grand intérêt à l'être ; faites-leur sentir tous le prix de la sagesse, et vous la leur ferez aimer. Il ne suffit pas de prendre cet intérêt au loin dans l'avenir ; montrez-le-leur dans le moment même, dans les relations de leur âge, dans le caractère de leurs amans. Dépeignez-leur l'homme de bien, l'homme de mérite ; apprenez-leur à le reconnaître, à l'aimer, et à l'aimer pour elles ; prouvez-leur qu'amies, femmes ou maîtresses, cet homme seul peut les rendre heureuses. Amenez la vertu par la raison : faites-leur sentir que l'empire de leur sexe et tous ses avantages ne tiennent pas seulement à sa bonne conduite, à ses mœurs, mais encore à celles des hommes ; qu'elles ont peu de prise sur les ames viles et basses, et qu'on ne sait servir sa maîtresse que comme on sait servir la vertu. Soyez sûr qu'alors en leur dépeignant les mœurs de nos jours, vous leur en inspirerez un dégoût sincère ; en leur montrant les sens à la mode, vous les leur ferez mépriser ; vous ne leur donnerez qu'éloignement pour leurs maximes, aversion pour leurs sentimens, dédain pour leur vaine galanterie ; vous leur ferez naître une ambition plus noble, celle de régner sur des ames grandes et fortes, celle des femmes de Sparte, qui était de commander à des hommes.

Les femmes ne cessent de crier que nous les élevons pour être vaines et coquettes ; que nous les amusons sans cesse à des puérilités pour rester plus facilement les maîtres ; elles s'en prennent à nous des défauts que nous leur reprochons. Quelle folie ! et depuis quand sont-ce les hommes qui se mêlent de l'éducation des filles ? Qui est-ce qui empêche les mères de les élever comme il leur plaît ? Elles n'ont point de colléges : grand malheur ! eh ! plût à Dieu qu'il n'y en eût point pour les garçons, ils seraient plus sensément et plus honnêtement élevés ! Force-t-on vos filles à perdre leur temps en niaiseries ? Leur fait-on malgré elles passer la moitié de leur vie à leur toilette, à votre exemple ? Vous empêche-t-on de les instruire et faire instruire à votre gré ? Est-ce notre faute si elles nous plaisent quand elles sont belles, si leurs minauderies nous séduisent, si l'art qu'elles apprennent de vous, nous attire et nous flatte, si nous aimons à les voir mises avec goût, si nous leur laissons affiler à loisir les armes dont elles nous subjuguent ? Eh ! prenez le parti de les élever comme des hommes : ils y consentiront de bon cœur ! plus elles voudront leur ressembler, moins elles les gouverneront, et c'est alors qu'ils seront vraiment les maîtres.

A force d'interdire aux femmes le chant, la danse et tous les amusemens du monde, on les rend maussades, grondeuses, insupportables dans leurs maisons. Pour moi, je voudrais qu'une jeune Anglaise cultivât avec autant de soin les talens agréables pour plaire au mari qu'elle aura, qu'une jeune Albanaise les cultive pour les harems d'Ispahan. Les maris, dira-t-on, ne se soucient point trop de tous ces talens : vraiment, je le crois, quand ces talens, loin d'être employés à leur plaire, ne servent que d'amorce pour attirer chez eux de jeunes impudens qui les déshonorent. Mais pensez-vous qu'une femme aimable et sage, ornée de pareils talens, et qui les consacrerait à l'amusement de son mari, n'ajouterait pas au bonheur de sa vie, et ne l'empêcherait pas, sortant de son cabinet la tête épuisée, d'aller chercher des récréations hors de chez lui ? Personne n'a-t-il vu d'heureuses familles ainsi réunies, où chacun sait fournir du sien aux amusemens communs ? Qu'il dise si la confiance et la familiarité qui s'y joint, si l'innocence et la douceur des plaisirs qu'on y goûte, ne rachètent pas bien ce que les plaisirs publics ont de bruyant.

SOCIÉTÉ CONJUGALE.

La relation sociale des sexes est admirable. De cette société résulte une personne morale, dont la femme est l'œil et l'homme le bras : mais avec une telle dépendance l'un de l'autre, que c'est de l'homme que la femme apprend ce qu'il faut voir, et de la femme que l'homme apprend ce qu'il faut faire. Si la femme pouvait remonter aussi-bien que l'homme aux principes, et que l'homme eût aussi-bien qu'elle l'esprit des détails, toujours indépendans l'un de l'autre, ils vivraient dans une discorde éternelle, et leur société ne pourrait subsister. Mais dans l'harmonie qui règne eutr'eux tout tend à la fin commune : on ne sait lequel met le plus du sien ; chacun suit l'impulsion de l'autre ; chacun obéit ; et tous deux sont les maîtres.

L'empire de la femme est un empire de douceur, d'adresse et de complaisance ; ses ordres sont des caresses ; ses menaces sont des pleurs. Elle doit régner dans la maison comme un ministre dans l'état, en se faisant commander ce qu'elle veut faire. En ce sens, il est constant que les meilleurs ménages sont ceux où la femme a le plus d'autorité. Mais quand elle méconnaît la voix du chef, qu'elle veut usurper ses droits et commander elle-même, il ne résulte jamais de ce désordre que misère, scandale et déshonneur.

Je ne connais pour les deux sexes que deux classes réellement distinguées : l'une de gens qui pensent, l'autre de gens qui ne pensent point, et cette différence vient presque uniquement de l'éducation. Un homme de la première de ces deux classes ne doit point s'allier dans l'autre, car le plus grand charme de la société manque à la sienne, lorsqu'ayant une femme, il est réduit à penser seul. Les gens qui passent exactement la vie entière à travailler pour vivre, n'ont d'autre idée que celle de leur travail ou de leur intérêt, et tout leur esprit semble être au bout de leurs bras. Cette ignorance ne nuit ni à la probité ni aux mœurs; souvent même elle y sert, souvent on compose avec ses devoirs à force de réfléchir, et l'on finit par mettre un jargon à la place des choses. La conscience est le plus éclairé des philosophes : on n'a pas besoin de savoir les offices de Cicéron pour être un homme de bien; et la femme du monde la plus honnête sait peut-être le moins ce que c'est que l'honnêteté. Mais il n'en est pas moins vrai qu'un esprit cultivé rend seul le commerce agréable; et c'est une triste chose pour un père de famille, qui se plaît dans sa maison, d'être forcé de s'y renfermer en lui-même, et de ne pouvoir s'y faire entendre à personne.

D'ailleurs, comment une femme qui n'a nulle habitude de réfléchir, élèvera-t-elle ses enfans? comment discernera-t-elle ce qui leur convient? comment les disposera-t-elle aux vertus qu'elle ne connaît pas, au mérite dont elle n'a nulle idée? Elle ne saura que les flatter où les menacer, les rendre insolents ou craintifs; elle en fera des singes maniérés ou d'étourdis polissons, jamais de bons esprits, ni des enfans aimables.

Il ne convient donc pas à un homme qui a eu de l'éducation de prendre une femme qui n'en ait point, ni par conséquent dans un rang où l'on ne saurait en avoir ; mais j'aimerais encore cent fois mieux une fille simple et grossièrement élevée, qu'une fille savante et bel esprit qui viendrait établir dans ma maison un tribunal de littérature dont elle serait la présidente. Une femme de bel esprit est le fléau de son mari, de ses enfans, de ses amis, de ses valets, de tout le monde. De la sublime élévation de son génie, elle dédaigne tous ses devoirs de femme, et commence toujours par se faire homme à la manière de mademoiselle de Lenclos. Au-dehors elle est toujours ridicule et très-justement critiquée, parce qu'on ne peut manquer de l'être aussitôt qu'on sort de son état ; qu'on n'est point fait pour celui qu'on veut prendre. Toutes ces femmes à grands talens n'en imposent jamais qu'aux sots. On sait toujours quel est l'artiste ou l'ami qui tient la plume ou le pinceau quand elles travaillent. On sait quel est le discret homme de lettres qui leur dicte en secret leurs oracles. Toute cette charlatanerie est indigne d'une honnête femme. Quand même elle aurait de vrais talens, sa prétention les avilirait. Sa dignité est d'être ignorée ; sa gloire est dans l'estime de son mari : ses plaisirs sont dans le bonheur de sa famille.

La grande beauté me paraît plutôt à fuir qu'à rechercher dans le mariage. La beauté s'use promptement par la possession : au bout de six semaines elle n'est plus rien pour le possesseur ; mais ses dangers durent autant qu'elle. A moins qu'une belle femme ne soit un ange, son mari est le plus malheureux des hommes ; et quand elle serait un ange, comment empêchera-t-elle qu'il ne soit sans cesse entouré d'ennemis ? si l'extrême laideur n'était pas dégoûtante, je la préférerais à l'extrême beauté ; car, en peu de temps l'une et l'autre étant nulles pour le mari, la beauté devient un inconvénient et la laideur un avantage ; mais la laideur qui produit le dégoût est le plus grand des malheurs ; ce sentiment, loin de s'effacer, augmente sans cesse et se tourne en haine. C'est un enfer qu'un pareil mariage : il vaudrait mieux être mort qu'unis ainsi.

Désirez en tout la médiocrité, sans en excepter la beauté même. Une figure agréable et prévenante, qui n'inspire pas l'amour mais la bienveillance, est ce qu'on doit préférer ; elle est sans préjudice pour le mari, et l'avantage en tourne au profit commun. Les graces ne s'usent pas comme la beauté : elles ont de la vie ; elles se renouvellent sans cesse ; et au bout de trente ans de mariage, une honnête femme, avec des graces, plaît à son mari comme le premier jour.

La diversité de fortune et d'état s'éclipse et se confond dans le mariage : elle ne fait rien au bonheur ; mais celle de caractère et d'humeur demeure : c'est par elle qu'on est heureux ou malheureux. L'enfant qui n'a de règle que l'amour choisit mal ; le père qui n'a de règle que l'opinion choisit plus mal encore.

Peut-on se faire un sort plus exclusif que dans le mariage ? Les biens, les maux n'y sont-ils pas communs ; et les chragrins qu'on se donne l'un à l'autre ne retombent-ils pas toujours sur celui qui les cause ?

Y a-t-il au monde un spectacle aussi touchant aussi respectacle que celui d'une mère de famille entourée de ses enfans, réglant les travaux de ses domestiques, procurant à son mari une vie heureuse et gouvernant sagement sa maison? C'est là qu'elle se montre dans toute la dignité d'une honnête femme, c'est là qu'elle inspire vraiment du respect, et que la beauté partage avec honneur les hommages rendus à la vertu. Une maison dont la maîtresse est absente est un corps sans ame qui bientôt tombe en corruption; une femme hors de sa maison perd son plus grand lustre, et, dépouillée de ses vrais ornements, elle se montre avec indécence.

Ce n'est pas seulement l'intérêt des époux, mais la cause commune de tous les hommes, que la pureté du mariage ne soit point altérée. Chaque fois que deux époux s'unissent par un nœud solennel, il intervient un engagement tacite de tout le genre humain, de respecter ce lien sacré, d'honorer en eux l'union conjugale; et c'est, ce me semble, une raison très-forte contre les mariages clandestins, qui, n'offrant nul signe de cette union, exposent des cœurs innocents à brûler d'une flamme adultère. Le public est, en quelque sorte garant d'une convention passée en sa présence, et l'on peut dire que l'honneur d'une femme pudique est sous la protection spéciale de tous les gens de bien. Ainsi quiconque ose la corrompre, pêche premièrement parce qu'il la fait pécher et qu'on partage toujours les crimes qu'on fait commettre, il pèche encore directement lui-même, parce qu'il viole la foi publique et sacrée du mariage sans laquelle rien ne peut subsister dans l'ordre légitime des choses humaines.

L'amour n'est pas toujours nécessaire pour former un heureux mariage. L'honnêteté, la vertu, de certaines convenances, moins de conditions et d'âges que de caractère et d'humeur, suffisent entre deux époux ; ce qui n'empêche point qu'il ne résulte de cette union un attachement très-tendre, qui, pour n'être pas précisément de l'amour, n'en est pas moins doux, et n'en est que plus durable. L'amour est accompagné d'une inquiétude continuelle de jalousie ou de privation, peu convenable au mariage, qui est un état de jouissance et de paix. On ne s'épouse pas pour penser uniquement l'un à l'autre, mais pour remplir conjointement les devoirs de la vie civile, gouverner prudemment sa maison, bien élever ses enfans. Les amans ne voient jamais qu'eux, ne s'occupent incessamment que d'eux, et la seule chose qu'ils sachent faire, est de s'aimer. Ce n'est pas assez pour des époux qui ont tant d'autres soins à remplir.

Pourquoi les femmes doivent-elles vivre retirées et séparées des hommes ? Ferons-nous cette injure au sexe de croire que ce soit par des raisons tirées de sa faiblesse, et seulement pour éviter le danger des tentations ! Non, ces indignes craintes ne conviennent point à une femme de bien, à une mère de famille sans cesse environnée des objets qui nourrissent en elle des sentimens d'honneur, et livrée aux plus respectables devoirs de la nature. Ce qui les sépare des hommes, c'est la nature elle-même qui leur prescrit des occupations différentes ; c'est cette douce et timide modestie qui, sans songer précisément à la chasteté, en est la plus sûre gardienne, c'est cette réserve attentive et piquante qui, nourrissant à la fois dans les cœurs des hommes et les désirs et le respect, sert, pour ainsi dire, de coquetterie à la vertu. Voilà pourquoi les époux mêmes ne sont pas exceptés de la règle ; voilà pourquoi les femmes les plus honnêtes conservent en général le plus d'ascendant sur leurs maris, parce qu'à l'aide de cette sage et discrette réserve, sans caprice et sans reflux, elles savent au sein de l'union la plus tendre, les maintenir à une certaine distance, et les empêchent de jamais se rassasier d'elles.

Par plusieurs raisons tirées de la nature de la chose, le père doit commander dans la famille : Premièrement, l'autorité ne doit pas être égale entre le père et la mère ; mais il faut que le gouvernement soit un, et que dans le partage d'avis, il y ait une voix prépondérante qui décide. 2°. Quelques légères qu'on veuille supposer les incommodités particulières à la femme, comme elles font toujours pour elle un intervalle d'inaction, c'est une raison suffisante pour l'exclure de cette primauté : car, quand la balance est parfaitement égale, une paille suffit pour la faire pencher. De plus, le mari doit avoir inspection sur la conduite de sa femme, parce qu'il lui importe de s'assurer que les enfans, qu'il est forcé de reconnaître et de nourrir, n'appartiennent pas à d'autres qu'à lui. La femme, qui n'a rien de semblable à craindre, n'a pas le même droit sur le mari. 3° Les enfans doivent obéir au père, d'abord par nécessité, ensuite par reconnaissance : après avoir reçu de lui leurs besoins durant la moitié de leur vie, ils doivent consacrer l'autre à pourvoir aux siens. 4°. A l'égard des domestiques, ils lui doivent aussi leurs services en échange de l'entretien qu'il donne, sauf à rompre le marché dès qu'il cesse de leur convenir.

DEVOIR DES MÈRES.

Le devoir des femmes de nourrir leurs enfans n'est pas douteux : mais on dispute, si, dans le mépris qu'elles en font, il est égal pour les enfans d'être nourris de leur lait ou d'un autre. Je tiens cette question, dont les médecins sont les juges pour décider au souhait des femmes ; et pour moi, je penserais bien aussi qu'il vaut mieux que l'enfant suce le lait d'une nourrice en santé, que celui d'une mère gâtée, s'il avait quelque nouveau mal à craindre du même sang dont il est formé.

Mais la question doit-elle s'envisager seulement par le côté physique, et l'enfant a-t-il moins besoin des soins d'une mère que de sa mamelle ? D'autres femmes, des bêtes même, pourront lui demander le lait qu'elle lui refuse : la sollicitude maternelle ne se supplée point. Celle qui nourrit l'enfant d'une autre au lieu du sien est une mauvaise mère : comment sera-t-elle une bonne nourrice ? Elle pourra le devenir, mais lentement ; il faudra que l'habitude change la nature : et l'enfant mal soigné aura le temps de périr cent fois avant que sa nourrice ait pour lui une tendresse de mère.

De cet avantage même résulte un inconvénient, qui seul devrait ôter à toute femme sensible le courage de faire nourrir son enfant par une autre ; c'est celui de partager le droit de mère, ou plutôt de l'aliéner ; de voir son enfant aimer une autre femme, autant et plus qu'elle, de sentir que la tendresse qu'il conserve pour sa propre mère est une grace, et que celle qu'il a pour sa mère adoptive est un devoir ; car où j'ai trouvé les soins d'une mère, ne dois-je pas l'attachement d'un fils !

La manière dont on remédie à ces inconvéniens, est d'inspirer aux enfans du mépris pour leur nourrice, en les traitant en véritables servantes. Quand leur service est achevé, on retire l'enfant, ou l'on congédie la nourrice ; à force de la mal recevoir, on la rebute de venir voir son nourrisson. Au bout de quelques années, on ne la voit plus. La mère qui croit se substituer à elle et réparer sa négligence par sa cruauté se trompe. Au lieu de faire un tendre fils d'un nourrisson dénaturé, elle l'exerce à l'ingratitude ; elle lui apprend à mépriser un jour celle qui lui donna la vie, comme celle qui l'a nourri de son lait.

Point de mère, point d'enfant. Entr'eux les devoirs sont réciproques ; et s'ils sont mal remplis d'un côté, ils seront négligés de l'autre. L'enfant doit aimer sa mère avant de savoir qu'il le doit. Si la voix du sang n'est fortifiée par l'habitude et les soins, elle s'éteint dans les premières années, et le cœur meurt, pour ainsi dire, avant que de naître. Nous voilà dès le premier pas hors de la nature.

On en sort encore par une route opposée, lorsqu'au lieu de négliger les soins de mère, une femme les porte à l'excès, lorsqu'elle fait de son enfant son idole ; qu'elle augmente et nourrit sa faiblesse pour l'empêcher de la sentir et qu'espérant le soustraire aux lois de la nature, elle écarte de lui des atteintes pénibles, sans songer combien, pour quelques incommodités dont elle le préserve un moment, elle accumule au loin des accidens et des périls sur sa tête. Combien c'est une précaution barbare de prolonger la faiblesse de l'enfance sous les fatigues des hommes faits. Thétis, pour rendre son fils invulnérable, le plongea, dit la fable, dans l'eau du Styx. Cette allégorie est belle et claire. Les mères cruelles dont je parle font autrement : à force de plonger leurs enfans dans la mollesse, elles les préparent à la souffrance ; elles ouvrent leurs pores aux maux de toute espèce, dont ils ne manqueront pas d'être la proie étant grands.

Du devoir des mères de nourrir leurs enfans dépend tout l'ordre moral. Voulez-vous rendre chacun à ses premiers devoirs ? commencez par les mères : vous serez étonnés des changemens que vous produirez. Tout vient successivement de cette première dépravation, tout l'ordre moral s'altère, le naturel s'éteint dans tous les cœurs, l'intérieur des maisons prend un air moins vivant, le spectacle touchant d'une famille naissante n'attache plus les maris, n'impose plus d'égards aux étrangers ; on respecte moins la mère dont on ne voit pas les enfans ; il n'y a point de résidence dans les familles ; l'habitude ne renforce plus les liens du sang ; il n'y a plus ni pères, ni mères, ni enfans, ni frères, ni sœurs : tous se connaissent à peine, comment s'aimeraient-ils ? chacun ne songe plus qu'à soi. Quand la maison n'est plus qu'une triste solitude il faut bien aller s'égayer ailleurs.

Mais que les mères daignent nourrir leurs enfans, les mœurs vont se réformer d'elles-mêmes, les sentimens de la nature se réveiller dans tous les cœurs ; l'état va se repeupler, ce premier point, ce point seul va tout réunir. L'attrait de la vie domestique est le meilleur contrepoison des mauvaises mœurs. Le tracas des enfans, qu'on croit importun, devient agréable, il rend le père et la mère plus nécessaires, plus chers l'un à l'autre ; il resserre entr'eux le lien conjugal. Quand la famille est vivante et animée, les soins domestiques font la plus chère occupation de la femme et le plus doux amusement du mari. Ainsi de ce seul abus corrigé résulterait bientôt une réforme générale, bientôt la nature aurait repris tous ses droits. Qu'une fois les femmes redeviennent mères, bientôt les hommes redeviendront pères et maris.

DEVOIR DES PÈRES.

Comme la véritable nourrice de l'enfant est la mère, le véritable précepteur est le père. Qu'ils s'accordent dans l'ordre de leurs fonctions, ainsi que dans leur système ; que des mains de l'un l'enfant passe dans celles de l'autre, il sera mieux élevé par un père judicieux et borné, que par le plus habile maître du monde : car le zèle suppléera mieux au talent, que le talent au zèle.

Un père, quand il engendre et nourrit des enfans, ne fait en cela que le tiers de sa tache. Il doit des hommes à son espèce, il doit à la société des hommes sociables, il doit des citoyens à l'état. Tout homme qui peut payer cette triple dette, et ne le fait pas, est coupable, et plus coupable peut-être quand il la paie à demi. Celui qui ne peut remplir les devoirs de père, n'a point de droit de le devenir. Il n'y a ni pauvreté, ni travaux, ni respect humain qui le dispensent de nourrir ses enfans et de les élever lui-même. Lecteurs, vous pouvez m'en croire : je prédis à quiconque à des entrailles, et néglige de si saints devoirs, qu'il versera longtemps sur sa faute des larmes amères et n'en sera jamais consolé.

Mais que fait cet homme riche, ce père de famille si affairé, et forcé, selon lui, de laisser ses enfans à l'abandon ? Il paie un autre homme pour remplir ces soins qui lui sont à charge. Ame vénale! crois-tu donner à ton fils un autre père avec de l'argent ? Ne t'y trompe point ; ce n'est pas même un maître que tu lui donnes, c'est un valet. Il en formera bientôt un second.

Un père qui sentirait tout le prix d'un bon gouverneur, prendrait le parti de s'en passer ; car il mettrait plus de peine à l'acquérir qu'à le devenir lui-même. Veut-il donc se faire un ami ? qu'il élève son fils pour l'être : le voilà dispensé de le chercher ailleurs, et la nature a déjà fait la moitié de l'ouvrage.

ÉDUCATION.

Nous naissons faibles, nous avons besoin de forces : nous naissons dépourvus de tout, nous avons besoin de jugement. Tout ce que nous n'avons pas à notre naissance, et dont nous avons besoin étant grand, nous est donné par l'éducation.

Cette éducation nous vient de la nature, ou des hommes, ou des choses. Le développement interne de nos facultés et de nos organes est l'éducation de la nature : l'usage qu'on nous apprend à faire de ce développement, est l'éducation des hommes ; et l'acquit de notre propre expérience sur les objets qui nous affectent, est l'éducation des choses.

Chacun de nous est donc formé par trois sortes de maîtres. Le disciple, dans lequel leurs diverses leçons se contrarient, est mal élevé, et ne sera jamais d'accord avec lui-même : celui dans lequel elles tombent toutes sur les mêmes points, et tendent aux mêmes fins, va seul à son but et va conséquemment. Celui-là seul est bien élevé.

L'éducation de l'enfance est celle qui importe le plus ; et cette première éducation appartient incontestablement aux femmes. Si l'auteur de la nature eût voulu qu'elle appartînt aux hommes, il leur eût donné du lait pour nourrir les enfans. Parlez donc toujours aux femmes, par préférence, dans vos traités d'éducation ; car, outre qu'elles sont à la portée d'y veiller de plus près que les hommes, et qu'elles y influent toujours davantage, le succès les intéresse aussi beaucoup plus, puisque la plupart des veuves se trouvent presque à la merci de leurs enfans, et qu'alors ils leur font vivement sentir, en bien ou en mal, l'effet de la manière dont elles les ont élevés. Les lois, toujours si occupées des biens et si peu des personnes, parce qu'elles ont pour objet la paix et non la vertu, ne donnent pas assez d'autorité aux mères. Cependant leur état est plus sûr que celui des pères ; leurs devoirs sont plus pénibles, leurs soins importent plus au bon ordre de la famille : généralement elles ont plus d'attachement pour les enfans. Il y a des occasions où un fils qui manque de respect à son père, peut, en quelque sorte, être excusé : mais dans quelque occasion que ce fût, si un enfant était assez dénaturé pour en manquer à sa mère, à celle qui l'a porté dans son sein, qui l'a nourri de son lait, qui, durant des années, s'est oubliée elle-même, pour ne s'occuper que de lui, on devrait se hâter d'étouffer ce misérable, comme un monstre indigne de voir le jour.

Celui d'entre nous qui sait le mieux supporter les biens et les maux de cette vie, est le mieux élevé : d'où il suit que la véritable éducation consiste moins en préceptes qu'en exercices.

Si les hommes naissaient attachés au sol d'un pays, si la même saison durait toute l'année, si chacun tenait à sa fortune de manière à n'en pouvoir jamais changer, la pratique d'éducation établie serait bonne à certain égard ; l'enfant, élevé pour son état, n'en sortant jamais, ne pourrait être exposé aux inconvéniens d'un autre. Mais, vû la mobilité des choses humaines, vû l'esprit inquiet et remuant de ce siècle qui bouleverse tout à chaque génération, peut-on concevoir une méthode plus insensée que d'élever un enfant, comme n'ayant jamais à sortir de sa chambre, comme devant être sans cesse entouré de ses gens ? Si le malheureux fait un seul pas sur la terre, s'il descend d'un seul dégré, il est perdu. Ce n'est pas lui apprendre à supporter la peine, c'est l'exercer à la sentir.

Souvenez-vous toujours que l'esprit d'une bonne institution n'est pas d'enseigner à l'enfant beaucoup de choses, mais de ne laisser jamais entrer dans son cerveau que des idées justes et claires.

La partie la plus essentielle de l'éducation d'un enfant, celle dont il n'est jamais question dans les éducations les plus soignées, c'est de lui bien faire sentir sa misère, sa faiblesse, sa dépendance, et le pesant joug de la nécessité que la nature impose à l'homme; et cela, non-seulement afin qu'il soit sensible à ce qu'on fait pour lui alléger ce joug, mais surtout afin qu'il connaisse de bonne heure en quel rang l'a placé la providence; qu'il ne s'élève point au-dessus de sa portée; et que rien d'humain ne lui semble étranger.

Appropriez l'éducation de l'homme à l'homme, et non pas à ce qui n'est point de lui. Ne voyez-vous pas qu'en travaillant à le former exclusivement pour un état, vous le rendez inutile à tout autre, et que, s'il plaît à la fortune, vous n'aurez travaillé qu'à le rendre malheureux.

Mettez toutes les leçons des jeunes gens en action, plutôt qu'en discours; qu'ils n'apprennent rien dans les livres de ce que l'expérience peut enseigner.

Le pédant et l'instituteur disent à-peu-près les mêmes choses; mais le premier les dit à tout propos, le second ne les dit que quand il est sûr de leur effet.

ENFANS.

Dans le commencement de la vie où la mémoire et l'imagination sont encore inactives, l'enfant n'est attentif qu'à ce qui affecte actuellement ses sens. Ses sensations étant les premiers matériaux de ses connaissances, les lui offrir dans un ordre convenable, c'est préparer sa mémoire à les fournir un jour dans le même ordre à son entendement : mais comme il n'est attentif qu'à ses sensations, il suffit d'abord de lui montrer bien distinctement la liaison de ces mêmes sensations avec les objets qui les causent. Il veut tout toucher, tout manier. Ne vous opposez point à cette inquiétude ; elle lui suggère un apprentissage très-nécessaire. C'est ainsi qu'il apprend à sentir la chaleur, le froid, la dureté, la mollesse, la pesanteur, la légéreté des corps, à juger de leur grandeur, de leur figure et de toutes leurs qualités sensibles, en regardant, palpant, écoutant, surtout en comparant la vue au toucher, en estimant à l'œil la sensation qu'ils feraient sous ses doigts.

Ce n'est que par le mouvement, que nous apprenons qu'il y a des choses qui ne sont pas à nous ; et ce n'est que par notre propre mouvement, que nous acquérons l'idée de l'étendue. C'est parce que l'enfant n'a point cette idée, qu'il tend indifféremment la main pour saisir l'objet qui le touche, ou l'objet qui est à un pas de lui. Cet effort qu'il fait vous paraît un signe d'empire, un ordre qu'il donne à l'objet de s'approcher ou à vous de le lui apporter ; et point du tout : c'est seulement que les mêmes objets qu'il voyait d'abord dans son cerveau, puis sur ses yeux, il les voit maintenant au bout de ses bras, et n'imagine d'étendue que celle où il peut atteindre. Ayez donc soin de le promener souvent, de le transporter d'une place à l'autre, de lui faire sentir le changement de lieu, afin de lui apprendre à juger des distances. Quand il commencera de les connaître, alors il faut changer de méthode, et ne le porter que comme il vous plaît ; car sitôt qu'il n'est plus abusé par les sens, son effort change de cause.

Le mal-aise des besoins s'exprime par des signes, quand le secours d'autrui est nécessaire pour y pourvoir. De là, les cris des enfans. Ils pleurent beaucoup ; cela doit être, puisque toutes leurs sensations sont affectives : quand elles sont agréables, ils en jouissent en silence; quand elles sont pénibles, ils le disent dans leur langage, et demandent un soulagement. Or, tant qu'ils sont éveillés, ils ne peuvent presque rester dans un état d'indifférence : ils dorment ou ils sont affectés.

Toutes nos langues sont des ouvrages de l'art. On a longtemps cherché s'il y avait une langue naturelle et commune à tous les hommes : sans doute, il y en a une ; et c'est celle que les enfans parlent avant de savoir parler. Cette langue n'est pas articulée, mais elle est accentuée, sonore, intelligible. L'usage des nôtres nous la fait négliger au point de l'oublier tout à fait. Etudions les enfans, et bientôt nous la reprendrons auprès d'eux. Les nourrices sont nos maîtres dans cette langue ; elles entendent tout ce que disent leurs nourrissons ; elles leur répondent, elles ont avec eux des dialogues très-bien suivis ; et quoiqu'elles prononcent des mots, ces mots sont parfaitement inutiles ; ce n'est point le sens du mot qu'ils entendent, mais l'accent dont il est accompagné.

Au langage de la voix se joint celui du geste non moins énergique. Ce geste n'est pas dans les faibles mains des enfans, il est sur leur visage. Il est étonnant combien ces physionomies mal formées ont déjà d'expression : leurs traits changent d'un instant à l'autre avec une inconcevable rapidité. Vous voyez le sourire, le désir, l'effroi naître et passer comme autant d'éclairs ; à chaque fois vous croyez voir un autre visage. Ils ont certainement les muscles de la face plus mobiles que nous. En revanche leurs yeux ternes ne disent presque rien. Tel doit être le genre de leurs signes dans un âge où l'on n'a que des besoins corporels ; l'expression des sensations est dans les grimaces, l'expression des sentimens est dans le regard.

Les premiers pleurs des enfans sont des prières : si on n'y prend garde, elles deviennent bientôt des ordres ; ils commencent par se faire assister, ils finissent par se faire servir. Ainsi de leur propre faiblesse, d'où vient d'abord le sentiment de leur dépendance, naît ensuite l'idée de l'empire et de la domination : mais, cette idée étant moins excitée par leurs besoins que par nos services, ici commencent à se faire apercevoir les effets moraux dont la cause immédiate n'est pas dans la nature, et l'on voit déjà pourquoi dès ce premier âge il importe de démêler l'intention secrette qui dicte le geste ou le cri.

Quand l'enfant tend la main avc effort sans rien dire, il croit atteindre à l'objet, parce qu'il n'en estime pas la distance, il est dans l'erreur : mais quand il se plaint et crie en tendant la main, alors il ne s'abuse plus sur la distance, il commande à l'objet de s'approcher, ou à vous de le lui apporter. Dans le premier cas, portez-le à l'objet lentement et à petits pas; dans le second ne faites pas seulement semblant de l'entendre; plus il criera moins vous devez l'écouter. Il importe de l'accoutumer de bonne heure à ne commander ni aux hommes, car il n'est pas leur maître, ni aux choses, car elles ne l'entendent point. Ainsi quand un enfant désire quelque chose qu'il voit et qu'on veut lui donner, il vaut mieux porter l'enfant à l'objet, que d'apporter l'objet à l'enfant : il tire de cette pratique une conclusion qui est de son âge, et il n'y a point d'autre moyen de la lui suggérer.

Un enfant veut déranger tout ce qu'il voit; il casse, il brise tout ce qu'il peut atteindre; il empoigne un oiseau comme il empoignerait une pierre, et l'étouffe sans savoir ce qu'il fait. Pourquoi cela ? D'abord, la philosophie en va rendre raison par des vices naturels : l'orgueil, l'esprit de domination, l'amour propre, la méchanceté de l'homme, le sentiment de sa faiblesse, pourrait-elle ajouter, rend l'enfant avide de faire des actes de force, et de se prouver à lui-même son propre pouvoir. Mais voyez ce vieillard infirme et cassé, ramené par le cercle de la vie humaine à la faiblesse de l'enfance, non-seulement il reste immobile et paisible, il veut encore que tout y reste autour de lui ; le moindre changement le trouble et l'inquiète, il voudrait voir régner un calme universel. Comment la même impuissance jointe aux mêmes passions produit-elle des effets si différents dans les deux âges, si la cause primitive n'était changée? Et où peut-on chercher cette diversité de causes, si ce n'est dans l'état physique des deux individus? Le principe actif commun à tous deux se développe dans l'un et s'éteint dans l'autre : l'un se forme, et l'autre se détruit ; l'un tend à la vie, et l'autre à la mort. L'activité défaillante se concentre dans le cœur du vieillard ; dans celui de l'enfant elle est surabondante et s'étend au-dehors; il se sent, pour ainsi dire, assez de vie, pour animer tout ce qui l'environne. Qu'il fasse ou qu'il défasse, il n'importe, il suffit qu'il change l'état des choses, et tout changement est une action. Que s'il semble avoir plus de penchant à détruire, ce n'est point par méchanceté; c'est que l'action qu'il forme est toujours lente, et que celle qui détruit, étant plus rapide, convient mieux à sa vivacité.

En même temps que l'auteur de la nature donne aux enfans ce principe actif, il prend soin qu'il soit peu nuisible, en leur laissant peu de force pour s'y livrer. Mais sitôt qu'ils peuvent considérer les gens qui les environnent comme des instrumens qu'il dépend d'eux de faire agir, ils s'en servent pour suivre leur penchant, et suppléer à leur propre faiblesse. Voilà comment ils deviennent incommodes, tyrans, impérieux, méchants, indomptables, progrès qui ne vient pas d'un esprit naturel de domination, mais qui le leur donne ; car il ne faut pas une longue expérience pour sentir combien il est agréable d'agir par les mains d'autrui, et de n'avoir besoin que de remuer la langue pour faire mouvoir l'univers.

En grandissant, on acquiert des forces, on devient moins inquiet, moins remuant, on se renferme davantage en soi-même. L'ame et le corps se mettent, pour ainsi dire, en équilibre et la nature ne nous demande plus que le mouvement nécessaire à notre conservation. Mais le désir de commander ne s'éteint pas avec le besoin qui l'a fait naître ; l'empire éveille et flatte l'amour propre, et l'habitude le fortifie : ainsi succède la fantaisie au besoin ; ainsi prennent leurs premières racines les préjugés de l'opinion.

Le principe une fois connu, nous voyons clairement le point où l'on quitte la route de la nature : voyons ce qu'il faut faire pour s'y maintenir.

Loin d'avoir des forces superflues, les enfans n'en ont pas même de suffisantes pour tout ce que leur demande la nature : il faut donc leur laisser l'usage de toutes celles qu'elle leur donne et dont ils ne sauraient abuser : Première maxime.

Il faut les aider, et suppléer à ce qui leur manque, soit en intelligence, soit en force, dans tout ce qui est du besoin physique : Deuxième maxime.

Il faut, dans le secours qu'on leur donne, se borner uniquement à l'utile réel, sans rien accorder à la fantaisie ou au désir sans raison ; car la fantaisie ne les tourmentera point, quand on ne l'aura pas fait naître, attendu qu'elle n'est pas dans la nature : Troisième maxime.

Il faut étudier avec soin leur langage et leurs signes, afin que, dans un âge où ils ne savent pas dissimuler, on distingue dans leurs désirs ce qui vient immédiatement de la nature, et ce qui vient de l'opinion : Quatrième maxime.

Quand les enfans commencent à parler, ils pleurent moins. Ce progrès est naturel; un langage est substitué à l'autre.

Il est bien étrange que depuis qu'on se mêle d'élever des enfans, on n'ait pas imaginé d'autre instrument pour les conduire que l'émulation, la jalousie, l'envie, la vanité, l'avidité, la vile crainte, toutes les passions les plus dangereuses, les plus promptes à fermenter, et les plus propres à corrompre l'ame, même avant que le corps soit formé. A chaque instruction précoce qu'on veut faire entrer dans leur tête, on plante un vice au fond de leur cœur : d'insensés instituteurs pensent faire des merveilles en les rendant méchants pour leur apprendre ce que c'est que bonté, et puis ils nous disent gravement : tel est l'homme. Oui, tel est l'homme que vous avez fait.

On a essayé tous les instrumens, hors un, le seul précisément qui peut réussir, la liberté bien réglée. Il ne faut point se mêler d'élever un enfant, quand on ne sait pas le conduire où l'on veut par les seules lois du possible et de l'impossible.

La sphère de l'un et de l'autre lui est également inconnue; on l'étend, on la ressere autour de lui comme on veut. On l'enchaîne, on le pousse, on le retient avec le seul lien de la nécessité, sans qu'il en murmure : on le rend souple et docile par la seule force des choses, sans qu'aucun vice ait l'occasion de germer en lui car jamais les passions ne s'animent, tant qu'elles sont de nul effet.

Les premiers mouvemens naturels de l'homme étant de se mesurer avec tout ce qui l'environne, et d'éprouver dans chaque objet qu'il aperçoit toutes les qualités sensibles qui peuvent se rapporter à lui, sa première étude est une sorte de physique expérimentale, relative à sa propre conservation, et dont on le détourne par des études spéculatives, avant qu'il ait reconnu sa place ici-bas. Tandis que ses organes délicats et flexibles peuvent s'ajuster aux corps sur lesquels ils doivent agir, tandis que ses sens encore purs sont exempts d'illusions, c'est le temps d'exercer les uns et les autres aux fonctions qui leur sont propres ; c'est le temps d'apprendre à connaître les rapports sensibles que les choses ont avec nous. Comme tout ce qui entre dans l'entendement humain y vient par les sens, la première raison de l'homme est une raison sensitive ; c'est elle qui sert de base à la raison intellectuelle ; nos premiers maîtres de philosophie sont nos pieds, nos mains, nos yeux. Substituer des livres à tout cela, ce n'est pas nous apprendre à nous servir de la raison d'autrui; c'est nous apprendre à beaucoup croire, et à ne jamais rien savoir.

Les pensées les plus brillantes peuvent tomber dans le cerveau des enfans, ou plutot les meilleurs mots dans leur bouche, comme les diamants du plus grand prix sous leurs mains, sans que pour cela ni les pensées, ni les diamants leur appartiennent ; il n'y a point de véritable propriété pour cet âge, en aucun genre. Les choses que dit un enfant ne sont pas pour lui ce qu'elles sont pour nous, il n'y joint pas les mêmes idées. Ces idées, si tant est qu'il en ait, n'ont dans sa tête ni suite ni liaison, rien de fixe, rien d'assuré dans tout ce qu'il pense. Examinez votre prétendu prodige : en de certains momens vous lui trouverez un ressort d'une extrême activité, une clarté d'esprit à percer les nues. Le plus souvent, ce même esprit vous paraîtra lache, moite, et comme environné d'un épais brouillard : tantôt il vous dévance, et tantôt il reste immobile. Un instant, vous diriez c'est un génie, et l'instant d'après, c'est un sot : vous vous trompez toujours : c'est un enfant ; c'est un aiglon qui fend l'air un instant, et retombe l'instant d'après dans son aire.

Des enfans étourdis viennent des hommes vulgaires ; je ne sache point d'observation plus générale et plus certaine que celle-là. Rien n'est plus difficile que de distinguer dans l'enfance la stupidité réelle, de cette apparente et trompeuse stupidité qui est l'annonce des ames fortes. Il paraît d'abord étrange que les deux extrêmes aient des signes si semblables, et cela doit pourtant être ; car dans un âge où l'homme n'a encore nulles véritables idées, toute la différence qui se trouve entre celui qui a du génie et celui qui n'en a pas, est que le dernier n'admet que de fausses idées, et que le premier, n'en trouvant que de telles, n'en admet aucune. Le seul signe qui peut les distinguer dépend du hasard qui peut offrir au dernier quelque idée à sa porté, au lieu que le premier est toujours le même partout. Le jeune Caton, durant son enfance, semblait un imbécile dans la maison. Il était taciturne et opiniâtre ! voilà tout le jugement qu'on portait de lui. Ce ne fut que dans l'antichambre de Sylla que son oncle apprit à le connaître. S'il ne fût point entré dans cette antichambre, peut-être eût-il passé pour une brute jusqu'à l'âge de raison : si César n'eût point vécu, peut-être eût-on traité de visionnaire ce même Caton, qui pénétra son funeste génie et prévit tous ses projets de si loin. Oh ! que ceux qui jugent si precipitamment les enfans sont sujets à se tromper ! ils sont souvent plus enfans qu'eux. L'apparente facilité d'apprendre est cause de la perte des enfans. On ne voit pas que cette facilité même est la preuve qu'ils n'apprennent rien. Leur cerveau lisse et poli, rend comme un miroir les objets qu'on lui présente ; mais rien ne reste ; rien ne pénètre. L'enfant retient les mots, les idées se réfléchissent : ceux qui l'écoutent les entendent, lui seul ne les entend point.

Il faut des observations plus fines qu'on ne pense, pour s'assurer du vrai génie et du vrai goût d'un enfant, qui montre bien moins ses désirs que ses dispositions, et qu'on juge toujours par les premiers, faute de savoir étudier les autres. Je voudrais qu'un homme judicieux nous donnât un traité de l'art d'observer les enfans. Cet art serait très-important à connaître : les pères et les maîtres n'en ont pas encore les élémens.

A douze ou treize ans les forces de l'enfant se développent bien plus rapidement que ses besoins. Le plus violent le plus terrible ne s'est pas encore fait sentir à lui ; l'organe même en reste dans l'imperfection, et semble, pour en sortir, que sa volonté l'y force. Peu sensible aux injures de l'air et des saisons, sa chaleur naissante lui tient lieu d'habit ; son appétit lui tient lieu d'assaisonnement ; tout ce qui peut nourrir est bon à son âge ; s'il a sommeil, il s'étend sur la terre et dort ; il se voit partout entouré de tout ce qui lui est nécessaire ; aucun besoin imaginaire ne le tourmente, l'opinion ne peut rien sur lui ; ses désirs ne vont pas plus loin : non seulement il peut se suffire à lui-même ; il a de la force au-delà de ce qu'il lui faut ; c'est le seul temps de sa vie où il sera dans ce cas.

Que fera-t-il donc de cet excédent de facultés et de forces qu'il a de trop à présent et qui lui manquera dans un autre âge ? Il tachera de l'employer à des soins qui lui puissent profiter au besoin. Il jettera, pour ainsi dire, dans l'avenir le superflu de son être actuel : l'enfant robuste fera des provisions pour l'homme faible ; mais il n'établira ses magasins ni dans des coffres qu'on peut lui voler, ni dans les granges qui lui sont étrangères : pour s'approprier véritablement son acquis, c'est dans ses bras, dans sa tête, c'est dans lui qu'il le logera. Voici donc le temps des travaux, des instructions, des études.

Il ne s'agit point d'enseigner les sciences à l'enfant, mais de lui donner du goût pour les aimer et des méthodes pour les apprendre, quand ce goût sera mieux développé.

ADOLESCENCE.

Nous naissons, pour ainsi dire, en deux fois ; l'une pour exister, et l'autre pour vivre ; l'une pour l'espèce l'autre pour le sexe. Ceux qui regardent la femme comme un homme imparfait ont tort, sans doute ; mais l'analogie extérieure est pour eux. Jusqu'à l'âge nubile, les enfans des deux sexes n'ont rien d'apparent qui les distingue : même visage, même figure, même teint, même voix, tout est égal ; les filles sont des enfans, le même nom suffit à des êtres si semblables ; les mâles en qui l'on empêche le développement ultérieur du sexe, gardent cette conformité toute leur vie ; ils sont toujours de grands enfans : et les femmes, ne perdant point cette même conformité, semblent, à bien des égards, ne jamais être autre chose.

Mais l'homme en général n'est pas fait pour rester toujours dans l'enfance. Il en sort au temps prescrit par la nature, et ce moment de crise, bien qu'assez court, a de longues influences.

Comme le mugissement de la mer précède de loin la tempête, cette orageuse révolution s'annonce par le murmure des passions naissantes : une fermentation sourde avertit de l'approche du danger ; un changement dans l'humeur, des emportemens fréquens, une continuelle agitation d'esprit, rendent l'enfant presque indisciplinable. Il devient sourd à la voix qui le rendait docile : c'est un lion dans sa fièvre, il méconnaît son guide ; il ne veut plus être gouverné. Aux signes moraux d'une humeur qui s'altère, se joignent des changemens sensibles dans la figure. Sa physionomie se développe, et s'empreint d'un caractère : le coton rare et doux qui croît au bas de ses joues, brunit et prend de la consistance. Sa voix mue, ou plutôt il la perd : il n'est ni enfant ni homme, et ne peut prendre le ton d'aucun des deux. Ses yeux, les organes de l'âme, qui n'ont rien dit jusqu'ici, trouvent un langage et de l'expression : un feu naissant les anime, leurs regards plus vifs ont encore une sainte innocence, mais ils n'ont plus leur première imbécilité ; il sent déjà qu'ils peuvent trop dire ; il commence à savoir les baisser et rougir ; il devient sensible avant de savoir ce qu'il sent; il est inquiet sans raison de l'être. Tout cela peut venir lentement et vous laisser du temps encore ; mais si son emportement se change en fureur, s'il s'irrite et s'attendrit d'un instant à l'autre ; s'il verse des pleurs sans sujet ; si, près des objets qui commencent à devenir dangereux pour lui, son pouls s'élève et son œil s'enflamme ; si la main d'une femme se posant sur la sienne le fait frissonner, s'il se trouble ou s'intimide auprès d'elle ; Ulysse, ô sage Ulysse ! prends garde à toi ; les outres que tu fermais avec tant de soin sont ouvertes, les vents sont déchaînés : ne quitte plus un moment le gouvernail, ou tout est perdu.

La puberté et la puissance du sexe sont toujours plus hâtives chez les peuples instruits et policés, que chez les peuples ignorans et barbares. Les enfans ont une sagacité singulière pour démêler à travers toutes les singeries de la décence, les mauvaises mœurs qu'elle couvre. Le langage épuré qu'on leur dicte, les leçons d'honnêteté qu'on leur donne, le voile du mystère qu'on affecte de tendre devant leurs yeux, sont autant d'aiguillons à leur curiosité.

Les instructions de la nature sont tardives et lentes, celles des hommes sont presque toujours prématurées : dans le premier cas, les sens éveillent l'imagination ; dans le second, l'imagination éveille les sens : elle leur donne une activité précoce qui ne peut manquer d'énerver, d'affaiblir d'abord les individus, puis l'espèce même à la longue.

Le premier sentiment dont un jeune homme élevé soigneusement est susceptible n'est pas l'amour, c'est l'amitié. Le premier acte de son imagination naissante est de lui apprendre qu'il a des semblables, et l'espèce l'affecte avant le sexe.

J'ai toujours vu que les jeunes gens corrompus de bonne heure, et livrés aux femmes et à la débauche, étaient inhumains et cruels ; la fougue du tempérament les rendait impatiens, vindicatifs, furieux ; leur imagination, pleine d'un seul objet, se refusait à tout le reste : ils ne connaissaient ni pitié, ni miséricorde, ils auraient sacrifié père et mère, et l'univers entier, au moindre de leurs plaisirs. Au contraire, un jeune homme élevé dans une heureuse simplicité, est porté par les premiers mouvemens de la nature vers les passions tendres et affectueuses ; son cœur compatissant s'émeut sur les peines de ses semblables ; il tressaille d'aise quand il revoit ses camarades, ses yeux savent verser des larmes d'attendrissement ; il est sensible à la honte de déplaire, au regret d'avoir offensé. Si l'ardeur d'un sang qui s'enflamme le rend vif, emporté, colère, on voit, le moment d'après, toute la bonté de son cœur dans l'effusion de son repentir; il pleure; il gémit sur la blessure qu'il a faite; il voudrait au prix de son sang racheter celui qu'il a versé; tout son emportement s'éteint, toute sa fierté s'humilie devant le sentiment de sa fureur; un mot le désarme, il pardonne les torts d'autrui d'aussi bon cœur qu'il répare les siens. L'adolescence n'est l'âge ni de la vengeance, ni de la haine, elle est celui de la commisération, de la clémence, de la générosité. Oui, je le soutiens, et je ne crains point d'être démenti par l'expérience, un enfant qui n'est pas mal né, et qui a conservé jusqu'à vingt ans son innocence, est, à cet âge, le plus généreux, le meilleur, le plus aimant et le plus aimable des hommes.

Introduisez un jeune homme de vingt ans dans le monde : bien conduit il sera dans un an plus aimable et plus judicieusement poli que celui qui y aura été nourri dès son enfance; car le premier, étant capable de sentir les raisons de tous les procédés relatifs à l'âge, à l'état, au sexe qui constituent cet usage, les peut réduire en principes, et les étendre aux cas non prévus; au lieu que l'autre, n'ayant que sa routine pour toute règle, est embarrassé sitôt qu'on l'en sort. Les jeunes demoiselles françaises sont toutes élevées dans les couvens jusqu'à ce qu'on les marie. S'aperçoit-on qu'elles aient peine à prendre les manières qui leur sont si nouvelles, et accusera-t-on les femmes de Paris d'avoir l'air gauche et embarrassé, d'ignorer l'usage du monde, pour n'y avoir pas été mises dès leur enfance! Ce préjugé vient des gens du monde, qui, ne connaissant rien de plus important que cette petite science, s'imaginent faussement qu'on ne peut s'y prendre de trop bonne heure pour l'acquérir. Il est vrai qu'il ne faut pas non plus trop attendre. Quiconque a passé toute sa jeunesse loin du grand monde, y porte le reste de sa vie un air embarrassé, contraint, un propos toujours hors de propos, des manières lourdes et mal adroites, dont l'habitude d'y vivre ne le défait plus, et qui n'acquiert qu'un nouveau ridicule, par l'effort de s'en délivrer.

Que de précautions à prendre avec un jeune homme bien né, avant que de l'exposer au scandale des mœurs du siècle! Ces précautions sont pénibles, mais elles sont indispensables : c'est la négligence, en ce point, qui perd toute sa jeunesse : c'est par le désordre du premier âge que les hommes dégénèrent, et qu'on les voit devenir ce qu'ils sont aujourd'hui. Vils et lâches dans leurs vices même, ils n'ont que de petites ames, parce que leurs corps usés ont été corrompus de bonne heure : à peine leur reste-t-il assez de vie pour se mouvoir. Leurs subtiles pensées marquent des esprits sans étoffe ; ils ne savent rien sentir de grand et de noble ; ils n'ont ni simplicité ni vigueur. Abjects en toutes choses et bassement méchans, ils ne sont que vains, fripons, faux ; ils n'ont pas même assez de courage pour être d'illustres scélérats.

Portrait et caractère d'Émile, ou de l'élève de M. Rousseau, à l'âge de dix à douze ans.

Sa figure, son port, sa contenance annoncent l'assurance et le contentement : la santé brille sur son visage ; ses pas affermis lui donnent un air de vigueur ; son teint, délicat encore sans être fade, n'a rien d'une mollesse efféminée ; l'air et le soleil y ont déjà mis l'empreinte honorable de son sexe ; ses muscles encore arrondis commencent à marquer quelques traits d'une physionomie naissante ; vos yeux, que le feu du sentiment n'anime point encore, ont au moins toute leur sérénité native : de longs chagrins ne les ont point obscurcis, des pleurs sans fin n'ont point sillonné ses joues. Voyez dans ses mouvemens prompts, mais sûrs, la vivacité de son âge, la fermeté de l'indépendance, l'expérience des exercices multipliés. Il a l'air ouvert et libre, mais non pas insolent ni vain ; son visage qu'on n'a pas collé sur des livres, ne tombe pas sur son estomac : on n'a pas besoin de lui dire : *levez la tête*, la honte ni la crainte ne la lui firent jamais baisser.

Faisons-lui place au milieu de l'assemblée : messieurs, examinez-le, interrogez-le en toute confiance ; ne craignez ni ses importunités, ni son babil, ni ses questions indiscrètes. N'ayez pas peur qu'il s'empare de vous, qu'il prétende vous occuper de lui seul, et que vous ne puissiez plus vous en défaire.

N'attendez pas, non plus, de lui des propos agréables, ni qu'il vous dise ce que je lui aurai dicté : n'en attendez que la vérité naïve et simple, sans ornement sans apprêt, sans vanité. Il vous dira le mal qu'il a fait ou celui qu'il pense, tout aussi librement que le bien, sans s'embarrasser en aucune sorte de l'effet que fera sur vous ce qu'il aura dit ; il usera de la parole dans toute la simplicité de sa première institution.

L'on aime à bien augurer des enfans, et l'on a toujours regret à ce flux d'inepties qui vient presque toujours renverser les espérances qu'on voudrait tirer de quelque heureuse rencontre, qui, par hasard, leur tombe sur la langue. Si le mien donne rarement de telles espérances, il ne donnera jamais ce regret, car il ne dit jamais un mot inutile, et ne s'épuise pas sur un babil qu'il sait qu'on n'écoute point. Ses idées sont bornées, mais nettes ; s'il ne sait rien par cœur, il sait beaucoup par expérience. S'il lit moins bien qu'un autre enfant dans nos livres, il lit mieux dans celui de la nature : son esprit n'est point dans sa langue, mais dans sa tête ; il a moins de mémoire que de jugement ; il ne sait parler qu'un langage, mais il entend ce qu'il dit; s'il ne dit pas si bien que les autres disent, en revanche il fait mieux qu'ils ne font.

Il ne sait ce que c'est que routine, usage, habitude ; ce qu'il fit hier n'influe point sur ce qu'il fait aujourd'hui : il ne suit jamais de formule, ne cède point à l'autorité ni à l'exemple : et n'agit ni ne parle que comme il lui convient. Ainsi, n'attendez pas de lui des discours dictés, ni des manières étudiées, mais toujours l'expression fidèle de ses idées et la conduite qui naît de ses penchans.

Vous lui trouvez un petit nombre de notions morales qui se rapportent à son état actuel, aucune sur l'état relatif des hommes : et de quoi lui serviraient-elles, puisqu'un enfant n'est pas encore membre actif de la société ? Parlez-lui de liberté, de propriété, de convention même, il peut en savoir jusque-là ; il sait pourquoi ce qui est à lui est à lui, et pourquoi ce qui n'est pas à lui n'est pas à lui. Passé cela, il ne sait plus rien. Parlez-lui de devoir, d'obéissance, il ne sait ce que vous voulez dire ; commandez-lui quelque chose, il ne vous entendra pas. Mais dites-lui : Si vous me fesiez tel plaisir, je vous le rendrais dans l'occasion : à l'instant il s'empressera de vous complaire ; car il ne demande pas mieux que d'étendre son domaine et d'acquérir sur vous des droits qu'il sait être inviolables. Peut-être même n'est-il pas faché de tenir une place, de faire nombre, d'être compté pour quelque chose ; mais s'il a ce dernier motif, le voilà déjà sorti de la nature ; et vous n'avez pas bien bouché d'avance toutes les portes de la vanité.

De son côté, s'il a besoin de quelque assistance, il la demandera indifféramment au premier qu'il rencontre ; il la demanderait au roi comme à son laquais : tous les hommes sont encore égaux à ses yeux. Vous voyez, à l'air dont il prie, qu'il sent qu'on ne lui doit rien. Il sait que ce qu'il demande est une grace ; il sait aussi que l'humanité porte à en accorder. Ses expressions sont simples et laconiques ; sa voix, son regard, son geste, sont d'un être également accoutumé à la complaisance et au refus. Ce n'est ni la rampante et servile soumission d'un esclave, ni l'impérieux accent d'un maître, c'est une modeste confiance en son semblable; c'est la noble et touchante douceur d'un être libre, mais sensible et faible, qui implore l'assistance d'un être libre, mais fort et bienfaisant. Si vous voulez lui accorder ce qu'il vous demande, il ne vous remercira pas, mais il sentira qu'il a contracté une dette. Si vous lui refusez il ne se plaindra point, il sait que cela serait inutile : il ne se dira point : on m'a refusé ; mais il se dira, cela ne pouvait pas être ; et on ne se mutine guère contre la nécessité bien reconnue.

Laissez-le seul en liberté, voyez-le agir sans lui rien dire ; considérez ce qu'il fera et comment il s'y prendra. N'ayant pas besoin de se prouver qu'il est libre, il ne fait jamais rien par étourderie, et seulement pour faire un acte de pouvoir sur lui-même : ne sait-il pas qu'il est toujours maître de lui ? Il est alerte, léger, dispos ; ses mouvemens ont toute la vivacité de son âge, mais vous n'en voyez pas un qui n'ait une fin. Quoiqu'il veuille faire, il n'entreprendra jamais rien qui soit au-dessus de ses forces ; car il les a bien éprouvées et les connaît : ses moyens sont toujours appropriés à ses desseins, et rarement il agira sans être assuré du succès. Il aura l'œil attentif et judicieux : il n'ira pas niaisement interrogeant les autres sur tout ce qu'il voit, mais il l'examinera lui-même, et se fatiguera pour trouver ce qu'il veut apprendre, avant de le demander. S'il tombe dans des embarras imprévus, il se troublera moins qu'un autre ; s'il y a du risque il s'effrayera moins aussi. Comme son imagination reste encore inactive et qu'on n'a rien fait pour l'animer, il ne voit que ce qui est, n'estime les dangers que ce qu'ils valent, et garde toujours son sang-froid. La nécessité s'appesantit trop souvent sur lui, pour qu'il regimbe encore contr'elle ; il en porte le joug dès sa naissance, l'y voilà bien accoutumé : il est toujours prèt a tout.

Qu'il s'occupe ou qu'il s'amuse, l'un et l'autre est égal pour lui ; ses jeux sont ses occupations, il n'y sent point de différence. Il met à tout ce qu'il fait un intérêt qui fait rire, et une liberté qui plaît en montrant à la fois le tour de son esprit et la sphère de ses connaissances. N'est-ce pas le spectable de cet âge, un spectacle charmant et doux de voir un joli enfant, l'œil vif et gai, l'air content et serein, la physionomie ouverte et riante, faire en se jouant les choses les plus sérieuses, ou profondément occupé des plus frivoles amusemens ?

Voulez vous à présent le juger par comparaison ? mêlez-le avec d'autres enfans : et laissez-le faire. Vous verrez bientôt lequel est le plus vraiment formé, lequel approche mieux de la perfection de leur âge. Parmi les enfans de la ville, nul n'est plus adroit que lui, mais il est plus fort qu'aucun autre. Parmi de jeunes paysans, il les égale en force et les passe en adresse. Dans tout ce qui est à portée de l'enfance, il juge, il raisonne, il prévoit mieux qu'eux tous. Est-il question d'agir, de courir de sauter, d'ébranler des corps, d'enlever des masses, d'estimer des distances, d'inventer des jeux, d'emporter des prix ? on dirait que la nature est à ses ordres, et il sait aisément plier toutes choses à ses volontés. Il est fait pour guider, pour gouverner ses égaux : le talent l'expérience lui tiennent lieu de droit et d'autorité. Donnez-lui l'habit et le nom qu'il vous plaira, peu importe ; il primera partout ; il deviendra partout le chef des autres; ils sentiront toujours sa supériorité sur eux . sans vouloir commander il sera le maître ; sans croire obéir ils obéiront.

Il est parvenu à la maturité de l'enfance, il a vécu de la vie d'un enfant, il n'a point acheté sa perfection aux dépens de son bonheur : au contraire, ils ont concouru l'un à l'autre. En acquérant toute la raison de son âge, il a été heureux et libre autant que sa constitution lui permet de l'être. Si la fatale faulx vient moissonner en lui la fleur de nos espérances, nous n'avons point à pleurer à la fois sa vie et sa mort ; nous n'aigrirons pas nos douleurs du souvenir de celles que nous lui aurons causées ; nous dirons : Au moins il a joui de son enfance, nous ne lui avons rien fait perdre de ce que la nature lui avait donné.

FIN DU SECOND ET DERNIER VOLUME.

TABLE

DES ARTICLES DU SECOND ET DERNIER VOLUME.

FIN.

NOUVEAU MUSÉUM LITTÉRAIRE.

Littérature nationale et étrangère.

UN MIRAGE

PAR

Édouard Ziehen,

suivi de

UNE VENGEANCE POSTHUME

PAR Mme L. SCHÜCKING,

traduits de l'allemand.

A. B.

BRUXELLES,
A. BLUFF, LIBRAIRE-ÉDITEUR,
42, RUE DES PLANTES.

1855

7028

I

UNE RENCONTRE INATTENDUE.

« Charmante et joyeuse vie! » s'écrient, le flacon de vin doré au bord des lèvres, tous ceux qui, sans cesse et toujours, descendent ou remontent le cours du Rhin. — Oh! que je préférerais, moi, les superbes cataractes du Niagara ou les sombres et silencieuses forêts vierges du Missouri!

Celui qui venait de proférer ces deux exclamations, — l'une dédaigneuse, la seconde mélancolique, — accoudé sur la terrasse d'un charmant château que dominait les ruines d'un gigantesque burg, était un jeune homme d'une mise irréprochable, à la taille vigoureuse et svelte, à l'œil noir, dont la chevelure ondoyante encadrait un frais visage, qui essayait de se voiler de cette tristesse morose, pour ne pas dire grondeuse, qu'affectent si souvent et si volontiers les beaux jeunes hommes de vingt-cinq ans ; ceux-là même devraient se trouver heureux, mais préfèrent vivre au sein de grosses douleurs imaginaires, auxquelles, il faut leur rendre cette justice, ils croient eux-mêmes de très-bonne foi.

Richard Stromfeld, — c'est le nom de notre héros,—au lieu de se complaire dans le spectacle de la riche nature dont les derniers rayons d'un soleil couchant faisaient l'un après l'autre saillir toutes les splendeurs,—ici, à ses pieds, les vertes émeraudes que soulèvent, en bruissant, les flots vigoureux et rapides du vieux fleuve des Germains ; là-bas de fertiles collines envignées ; plus loin encore de gigantesques pans de murs, restes des âges héroïques, se perdant dans la brume des cieux ou dans les éblouissements de la lumière, — Richard, disons-nous, ne voyait rien de tout cela. Son front était chargé de soucis, et sa lèvre de dédains : il se croyait malheureux.

Fort jeune encore, Richard avait perdu son

père, employé d'administration dans une petite ville de l'Allemagne centrale. Sa mère, tombée d'une modeste aisance dans un état voisin de la gêne, avait dû renoncer à ces doux projets qu'enfantent si facilement, pour l'avenir d'enfants chéris, tous les bons parents : elle avait rêvé les brillantes perspectives de l'avocat ; la pauvre femme se résigna, pour son fils, à l'obscurité du comptoir. Richard fut placé chez un négociant, bien que sa nature tînt en mépris souverain les habitudes du commerce. Le caractère brutal de son patron, sa mesquinerie, augmentèrent bientôt ses répugnances.

Quelques années s'écoulèrent ainsi, dans cette vie pour ainsi dire végétative ; puis, sa bonne mère étant venue à mourir, Richard se résolut à quitter sa ville natale pour toujours. Une maison de New-York avait besoin d'un commis actif, intelligent ; il se présenta à son correspondant, et fut bientôt accepté. Nous l'avons dit, Richard n'avait pas l'esprit mercantile ; il n'avait pas choisi sa carrière : il s'y était habitué ou plutôt résigné. Hardi, aventureux, dès sa jeunesse il avait rêvé l'inconnu du nouveau monde ; ce fut donc avec une véritable joie qu'il réunit bien vite les divers objets qui lui rappelaient ses parents aimés, et qu'il réalisa son modeste pécule pour se rendre à Hambourg, afin de de s'y embarquer.

La veille de son départ, Richard achevait, dans la cour de l'hôtel, d'écrire son adresse sur l'une de ses malles, lorsqu'un personnage, qui l'avait longtemps regardé, et qui avait suivi avec attention sa plume traçant une à une les lettres de son nom de famille, se fit reconnaître à lui pour le propre frère de sa mère, Antoine Winterbach, depuis longtemps parti pour un lointain voyage, et que l'on croyait mort.

Antoine Winterbach était devenu riche. Il s'opposa au départ de son neveu ; il ne voulait pas que le fils de sa sœur bien-aimée courût au hasard à la recherche de la fortune, quand il pouvait si facilement pourvoir à son sort, et, moitié par l'ascendant de son âge, moitié par l'autorité de sa parenté si proche, bien plus que par un élan de tendresse, l'oncle fit renoncer le neveu à son voyage d'outre-mer, et l'emmena à son château des bords du Rhin.

Depuis quatre années environ, Richard était dans la famille de son oncle, car M. Winterbach était marié et père. Richard eût dû se trouver heureux, et cependant un mécontentement secret agitait fréquemment ses sens ; parfois, il regrettait d'avoir cédé si facilement aux volontés de son oncle, en abandonnant son projet de passer en Amérique; parfois, il s'en voulait de ne point trouver le bonheur dans la situation qui lui était faite. Tantôt il accusait son oncle de sécheresse de cœur, tantôt il se reprochait à lui même d'être ingrat ou injuste.

Il faut bien le dire, cet état étrange d'esprit était dû à la singularité du caractère de Richard. Il était confiant, expansif, dévoué jusqu'à l'héroïsme dans ses affections; mais son inexpérience de jeune homme osait exiger des autres, ce que lui-même leur accordait ou plutôt leur jetait bon gré mal gré. Il s'était d'abord enthousiasmé de son oncle, et n'avait voulu voir en lui que les plus brillantes qualités. Malheureusement, M. Winterbach n'était rien moins que confiant et affectueux; d'un abord froid et sévère, ceux qui jugent sur les apparences le taxaient généralement de sécheresse, d'égoïsme, peut-être même de dureté. Richard, impressionnable, susceptible comme tous les gens dont la tête est menée par le cœur, malgré toute sa reconnaissance, malgré tout son respect, ne pouvait s'empêcher d'accuser son oncle d'indifférence.

Cette disposition chagrine de l'esprit chez Richard, ce mécontentement sans cause précise auraient probablement et depuis longtemps provoqué une rupture entre le neveu et l'oncle, sans la présence de deux autres personnes qui servaient en quelque sorte de médiateurs entre eux. C'étaient la femme d'Antoine Winterbach et sa fille, jeune personne de dix-neuf ans, à la taille svelte, à la tête de madone, aux yeux brillants comme les étoiles du ciel.

Madame Winterbach était une brave et digne femme, la bonté même, aux sentiments fort peu poétiques, et qui limitait aux soins du ménage l'horizon de son bonheur. La jeune fille, au contraire, possédait au plus haut degré la sensibilité du poète; sa vivacité peu commune, son naïf enthousiasme pour les arts, lui donnaient un charme particulier. Elle était la seule personne de la maison qui pénétrât la cause du chagrin de Richard : mais sûre qu'elle était du cœur de son mélancolique cousin, elle se faisait un malin plaisir de le tourmenter, puis de le consoler tour à tour, suivant l'inspiration du moment. En vain, Richard avait cherché à approfondir ce cœur pour découvrir la trace d'un amour véritable; la jeune fille, joyeuse et gaie comme une enfant, s'était toujours, en riant, soustraite à ses investigations. Quelquefois, Richard s'abandonnait au doux espoir d'être aimé de Cécile, et, devant cet espoir, sa mélancolie, ses projets d'émigration, tout disparaissait comme les brouillards disparaissent devant les rayons du soleil. Mais, l'instant d'après, il se représentait l'inflexibilité de son oncle opulent, mise en opposition avec sa pauvreté, avec la position dépendante qu'il occupait dans le monde, et alors un sentiment de profonde tristesse envahissait son cœur; il se prenait de nouveau à maudire le jour où il avait vu pour la première fois les côteaux dorés du fleuve allemand.

II

L'AMOUR DE RICHARD ET SA PREMIÈRE SURPRISE.

Telles étaient les pensées qui remplissaient l'âme du jeune homme au moment où nous l'avons surpris, jetant ses sarcasmes au noble fleuve et à ses admirateurs.

Au même moment, Cécile, sa cousine, venant de la maison, s'avançait vers lui d'un pas rapide, et lui disait en plaisantant :

— Vous m'avez si souvent offert vos services chevaleresques, mon cher Richard, que je prends la hardiesse de vous déranger de vos douces rêveries pour vous prier de me faire passer le Rhin : il faut absolument que je dise un mot à mon amie Caroline.

Cette amie, dont parlait Cécile, était la fille d'un conseiller provincial nommé Waechter ; il demeurait dans la petite ville qui se trouvait de l'autre côté du Rhin, vis-à-vis de la propriété de Winterbach.

Une liaison intime unissait depuis quelque temps les deux jeunes filles, et il ne se passait guère de jour qu'elles ne se rendissent visite.

Richard, s'étant levé aux premiers mots de sa cousine, s'empressa de descendre avec elle de la terrasse. Au bord du fleuve était attachée une gondole élégante, qui, tout ornée de banderolles, se balançait sur les flots doucement agités. Richard, excellent rameur, était le nautonier habituel de ce frêle esquif, sur lequel les deux amies se risquaient sans crainte.

La jolie passagère s'étant placée dans la nacelle, le jeune homme se mit à ramer vigoureusement, et, avant que cinq minutes se fussent écoulées, il abordait l'autre rive.

Cécile s'élança légèrement à terre, et, remerciant d'un geste et d'un sourire gracieux son excellent cousin, elle disparut bientôt à ses yeux.

Bien qu'elle eût promis de revenir bien vite, Richard savait, par expérience, combien les entrevues des deux jeunes filles étaient longues ;

c'est pourquoi, attachant sa barque au rivage, et gravissant une petite colline que couronnait un épais taillis, il s'assit sur la mousse d'un arbre.

De cette espèce d'observatoire panoramique, ses regards erraient sur toute la rive du fleuve qu'il venait de quitter. L'habitation de son oncle était devant lui. Un peu en arrière, à une portée d'arquebuse à peine, s'élevaient les ruines du vieux donjon féodal. Ses yeux s'arrêtèrent avec tristesse sur ces débris d'un autre âge; leur teinte, morne et sombre, au milieu de cette nature riante, répondaient si bien à son isolement et à sa douleur, à lui! Jamais, en effet, l'aspect de ces ruines n'avait fait sur Richard une impression aussi étrange et aussi profonde.

Au pied de la vieille tour, appuyé sur un bâton de voyage, un homme s'était arrêté; il contemplait avec recueillement le paysage immense qui se déroulait au-dessous de lui, et sur lequel les rayons éblouissants du soleil couchant jetaient un éclat inaccoutumé.

— Oh! s'écria Richard, que cet homme doit être heureux! Il est libre, lui! libre comme l'oiseau qui vole de branche en branche, et qui suit les nuages de pays en pays; il peut connaître toutes les merveilles de la terre : il n'est pas comme moi condamné à suivre une destinée dont l'uniformité éternelle dessèche le cœur, et dont l'accomplissement consciencieux n'est pas même récompensé d'un mot d'affection ou d'amour !

Ce monologue se fût prolongé bien longtemps encore sans doute, si Cécile, revenant de chez son amie, ne l'avait inopinément interrompu.

Cécile paraissait fort gaie. Elle pria Richard de la reconduire bien vite. Et lorsque celui-ci lui demanda le motif de tant de hâte, elle lui répondit, avec son sourire narquois, qu'il n'avait pas besoin de savoir ce qui se passait dans le cœur d'une jeune fille.

Lorsqu'ils furent au milieu du fleuve, Richard abandonna tout à coup les rames, et, promenant un œil rêveur sur la vallée du Rhin, que voilait déjà le crépuscule :

— Si nous laissions, dit-il, voguer la barque au gré du courant ; si, le long des roches escarpées et des hauts châteaux qui bordent le fleuve, nous voguions insouciants jusqu'à ce que l'Océan nous entoure de ses vagues, ou que des prairies magnifiques et éternellement vertes se déroulent sous nos yeux. Quelle vie nouvelle et délicieuse s'ouvrirait alors pour nous !

— Je ne vous accompagnerais tout au plus que

jusqu'à la sainte ville de Cologne, répliqua la jeune fille d'un ton léger ; là, je descendrais et vous pourriez seul continuer votre voyage. A Cologne s'arrête le romantique, du moins celui de la nature, ajouta-t-elle en souriant ; les peintres de Dusseldorf ne sont pas allés plus loin, et, vous le savez, j'aime fort leurs tableaux.

Ces paroles parurent blesser Richard. Il ne répondit pas un mot, et, reprenant les rames qu'il avait abandonnées un instant, il amena vigoureusement la nacelle au pied du petit escalier qui se trouvait au bas de la terrasse du jardin de Winterbach. Avant de mettre pied à terre, il rompit de nouveau le silence.

— Ne nous promènerons-nous pas quelques instants encore sur le Rhin ? dit-il à sa cousine d'une voix suppliante ; la soirée est si calme et si belle.

— Vous savez que mon père et ma mère peuvent revenir à tout moment de leur excursion à Lurley, répondit Cécile, et comme ils m'ont chargée de garder la maison pendant leur absence, ils seraient probablement fort surpris de me voir exercer cette mission en naviguant sur le Rhin.

Richard ne répliqua pas. Ils descendirent à terre, et traversèrent silencieusement le jardin qu'embaumaient les suaves exhalaisons des fleurs d'été. Arrivés devant la maison, dans les fenêtres de laquelle miroitaient les derniers rayons du soleil, Richard souhaita une bonne nuit à sa cousine, puis s'en alla errer à l'aventure dans les montagnes voisines.

A dix heures, le jeune homme était rentré chez lui, et, bien qu'il vînt, tout à son aise, de parcourir la campagne, il voulut une fois encore, avant de se livrer au repos, laisser errer sa pensée vagabonde et triste sur les vieux murs demantelés du burg, qui s'en allait se perdant dans les ombres de la nuit. Il n'avait qu'à ouvrir sa fenêtre pour jouir de ce spectacle, car sa chambre, bien que située dans une des ailes latérales du bâtiment, et donnant à la fois sur la façade et sur le jardin du château, laissait apercevoir d'un coup d'œil, et bien au delà des toits, l'ensemble des poétiques ruines. Un mouvement extraordinaire régnait en ce moment dans les chambres habitées par M. Winterbach. Des fenêtres ouvertes et mieux éclairées qu'elles ne l'étaient d'ordinaire, s'échappait le son de voix bruyantes et joyeuses. Croyant que son oncle avait amené avec lui quelque vieil ami ou connaissance, Richard se préparait à fermer ses fenêtres pour se dérober à cette gaieté, si peu en harmonie avec la situation présente de son esprit, lorsque tout à coup ces mots, dits d'une voix forte et sonore, et avec un accent quelque peu étranger, résonnèrent à son oreille :

« Ma chère, ma chère Cécile ! »

Surpris de ces paroles qui lui causèrent une sensation pénible, Richard écouta attentivement afin d'apprendre par la conversation quel était cet étranger qui causait si familièrement avec sa cousine. Nonobstant toute son attention, il ne parvint plus à saisir une phrase entière. Mais, au milieu des mille mots incohérents qui arrivèrent à son oreille, il entendit plusieurs fois prononcer son propre nom.

— C'est le frère de M. de Zoellner, venu d'Angleterre il y a huit jours, se dit-il enfin et de guerre lasse, en fermant sa fenêtre. Ses cinquante ans ne l'empêchent pas de faire encore la cour à toutes les jeunes filles qu'il rencontre. Cécile doit bien se moquer de lui, j'en suis sûr.

III

A LA SURPRISE SUCCÈDENT LA DOULEUR ET LA JALOUSIE.

Le lendemain, vers la fin de la journée, l'oncle Winterbach, sa femme, sa fille et Richard étaient assis sur la terrasse du jardin. La conversation roulait sur l'excursion faite par Winterbach et sa femme, la veille, à la roche de Lurley. Richard s'attendait à tout moment à ce qu'on lui parlât de l'hôte qui avait si tendrement traité Cécile le soir précédent; mais personne n'en dit un mot. Ce silence frappa le jeune homme, et son œil pénétrant et soupçonneux crut bientôt reconnaître que ses trois commensaux avaient quelque chose à cacher, et faisaient de grands efforts pour dissimuler la préoccupation de leur esprit. Cécile

2

surtout avait de la peine à dissimuler son trouble. Elle travaillait à sa broderie avec précipitation et jetait de temps à autre un regard furtif sur le Rhin, comme si elle attendait quelqu'un. Son père était plus taciturne et plus sérieux encore qu'à l'ordinaire ; sa mère montrait une loquacité inaccoutumée, en faisant et refaisant l'énumération des rôtis, des pâtés, des ragoûts, des tartes et des confitures servis et consommés la veille, au pied de la roche de Lurley.

Le bruit d'une barque s'avançant rapidement sur le Rhin fit enfin taire la bonne dame. Cette barque, partie de la petite ville qui se trouvait de l'autre côté du fleuve, se dirigeait vers la terrasse. Elle portait un jeune homme, à la taille serrée dans une redingote à brandebourgs, à la tête couverte d'un gracieux berret en velours d'où s'échappaient, en boucles abondantes, de longs et soyeux cheveux noirs ; tout en lui respirait l'artiste. Ses traits avaient une expression fine et spirituelle à laquelle ne nuisaient pas, certes, un teint légèrement basané et une barbe noire comme du jais. Il tenait sous son bras un grand portefeuille; un étui de botaniste, suspendu à son côté, et un fort bâton de voyageur complétaient son costume.

Richard, complètement absorbé dans sa rêverie, n'avait guère fait attention à l'étranger. Celui-ci ayant abordé la rive, dit quelques mots à l'oreille du batelier, puis, s'élançant de la barque, monta rapidement sur la terrasse. M. Winterbach alla à sa rencontre, et lui demanda, d'un ton poli, s'il désirait prendre une vue des environs ou de quelque point de sa propriété.

L'étranger répondit à cette offre par quelques mots polis, mais insignifiants. Le son de sa voix frappa Richard. Il tressaillit jusqu'au plus profond de son âme, et porta sur le jeune homme un regard à la fois sombre et scrutateur. Cette voix, c'était celle de l'étranger de la veille; Richard ne pouvait s'y tromper. Ces paroles qu'il avait entendues, et qui avaient produit sur lui une impression si douloureuse : « Cécile, ma chère Cécile, » résonnaient encore dans ses oreilles.

Le jeune voyageur se présenta à la famille Winterbach en qualité de peintre, et déclara se nommer Rodolphe d'Ortenberg. Il présenta à M. Winterbach une lettre de recommandation à lui donnée par un ami commun. Il ajouta qu'il revenait d'un voyage en Italie, et que, ne connaissant pas encore les pittoresques bords du Rhin, il se proposait de les visiter en séjournant à sa fantaisie, tantôt dans un lieu, tantôt dans un autre, partout où la nature lui offrirait quelque beauté à étudier.

— La personne qui vous a remis cette lettre, répondit Winterbach, m'a déjà fait connaître votre projet. Pour ma part, je serais heureux de vous faire connaître tous les sites remarquables qui se trouvent dans nos environs. C'est une si douce satisfaction pour nous autres habitants du pays rhénan que de faire partager notre admiration aux visiteurs étrangers.

Cécile, qui elle-même dessinait et peignait fort bien, se mêla alors à la conversation. Elle dit à l'étranger qu'il n'y avait pas, à plusieurs lieues à la ronde, de vue qui fût plus digne de son attention que celle qu'offraient, à quelques pas de là, les ruines du vieux château.

— Tout délabré qu'il soit, dit-elle, ce château renferme encore des appartements qu'on peut habiter. L'année dernière, mon père en a fait meubler un pour moi, et, vers le printemps et dans l'été, j'y passe souvent des journées entières à dessiner. Du haut de la grande fenêtre gothique, la vue plane sur les profondeurs silencieuses des rochers, auxquelles des effets de lumière mille fois variés, ajouta-t-elle avec enthousiasme, donnent un aspect vraiment merveilleux...

— Comme je ne doute pas, dit Winterbach au jeune artiste, que vous ne préfériez un appartement petit et simple, mais offrant une vue et une situation pittoresques, au plus splendide salon, je vous offre la petite chambre qui se trouve dans la tour. Vous pourrez vous y installer à votre gré. Le vieux jardinier Dietrich, qui lui-même habite une maisonnette au pied de la tour, s'empressera, avec sa femme et ses enfants, de vous rendre mille petits services.

Rodolphe accepta cette offre avec mille remercîments, et Winterbach donna l'ordre à un domestique d'aller chercher les effets du jeune homme, restés dans un cabaret de la petite ville, et de les monter dans la chambre de la tour.

Pendant toute cette conversation, Richard était resté silencieux, observant l'étranger d'un œil méfiant.

« Ce n'est pas ainsi que parlent des personnes qui se voient pour la première fois, se dit-il à lui-même. On cache ici un mystère auquel on ne veut pas m'initier. Dieu veuille que mes appréhensions ne soient pas fondées ! »

Au bout de quelques minutes, il parut certain

à Richard qu'une parfaite entente régnait entre Cécile et le jeune peintre qui, de temps à autre, échangeaient un coup d'œil furtif.

De son côté, Rodolphe avait remarqué l'humeur chagrine de Richard. S'adressant à lui, il avait essayé de nouer conversation ; mais, n'en obtenant que des réponses brèves, faites d'un ton sec et désagréable, il cessa de s'occuper de lui.

Après un long entretien, qui roula presque entièrement sur la peinture et la poésie, et auquel Richard ne prit aucune part, M. Winterbach conduisit son hôte à la tour qui lui était assignée pour demeure. Cécile et sa mère restèrent sur la terrasse, où Richard demeura aussi dans l'espoir que l'une ou l'autre lui dirait enfin quelque mot de cet étranger traité déjà si familièrement. Mais cet espoir ne se réalisa pas. Cécile, les yeux baissés sur sa broderie, travaillait avec un empressement et une hâte qui auraient pu faire croire qu'elle avait une tâche à remplir. Quant à Mme Winterbach, après quelques paroles sans portée à la louange du jeune voyageur, elle reprit la relation de son excursion à la roche de Lurley, et l'énumération des rôtis et des pâtés qu'on y avait consommés.

Une poignante douleur remplit le cœur de Richard. Ce défaut de confiance à son égard n'en était pas la seule cause ; la comparaison qu'il faisait de son esprit avec celui de Rodolphe, l'accablait d'amertume ; il lui semblait que le but de sa vie était manqué et définitivement perdu. Lui aussi, en effet, s'était senti animé dans sa jeunesse d'un puissant amour pour la science et pour l'art ; mais sa destinée l'avait privé de bonne heure du moyen de suivre ses inspirations. Bien des fois cette idée fatale avait assailli son âme, pendant ses conversations avec Cécile, qu'une instruction soignée et un sentiment exquis de l'art lui rendaient si supérieure. Jamais il n'avait ressenti son infériorité d'une manière plus poignante qu'en voyant la jeune fille et le peintre confondre dans leurs épanchements les sentiments qui les animaient, et auxquels l'insuffisance de son instruction le rendait presque étranger.

Alléguant le prétexte de jeter un dernier coup d'œil sur les travaux des champs, il quitta la terrasse, et s'éloigna à grands pas.

« De quoi me plaindrais-je, s'écriait-il avec douleur. Ce peintre n'a qu'à paraître, et tous les cœurs volent au devant de lui. Comment pourrais-je soutenir la comparaison ! Cécile n'eût-elle vu cet étranger que pour la première fois aujourd'hui, qu'elle devrait, certes, lui donner la préférence. Comment serait-il, en effet, possible qu'un agriculteur, qui, toute la journée, s'occupe de bétail et de champs, pût inspirer de l'amour à une jeune fille. Et j'ai eu l'impudence de croire que je pourrais toucher son cœur!

« Eh bien, d'ici à peu de jours, mon sort sera décidé, continua-t-il après une interruption. Si Cécile est perdue pour moi, aucune puissance au monde ne me retiendra plus en Europe. Si je suis condamné à vivre seul sur la terre, je me rendrai dans le nouveau monde, le pays de mes rêves; là, je l'espère, m'attend une vie nouvelle.»

IV

RICHARD CONTINUE A PERDRE LE REPOS DU CŒUR.

L'intimité du peintre devenait de jour en jour plus étroite avec la famille Winterbach. Il n'avait fait d'abord, le matin et l'après-midi, qu'une courte apparition chez son hôte ; puis, bientôt, ses visites s'étaient prolongées de telle sorte, qu'il ne passait plus que la nuit dans son atelier aérien. Comme Winterbach et Richard étaient absents une grande partie du jour, et que Mme Winterbach s'occupait presqu'exclusivement du soin de son ménage, la politesse faisait à Cécile le devoir de tenir compagnie à l'hôte de la maison, devoir que, suivant l'avis de Richard, elle ne remplissait que trop consciencieusement. Le jeune peintre devait apprendre à Cécile à dessiner le paysage; mais il n'était pas difficile de s'apercevoir qu'ils ne s'occupaient guère de dessin pendant qu'ils étaient ensemble. Ils s'asseyaient des heures entières sur la montagne du château, ou sur la terrasse qui dominait le Rhin, ou bien ils se promenaient, leurs cahiers à la main, dans les vallées mystérieuses qui s'enfonçaient de l'autre côté des ruines. De retour de leurs excursions, ils montraient quelquefois ce qu'ils avaient dessiné ou peint : c'étaient des esquisses de quelque muraille en ruine ou le tronc d'un arbre desséché. On eût dit qu'en dehors de ces aspects désolés, la vallée du Rhin ne présentait pas un seul point de vue pittoresque digne d'attirer leur attention.

Un autre fait avait frappé l'esprit de Richard. Depuis l'arrivée de Rodolphe, il semblait que les occupations qui l'appelaient hors de la maison de son oncle s'accroissaient de jour en jour. Il crut remarquer que son oncle lui-même affectait de l'éloigner. Winterbach, en effet, l'envoyait de côté et d'autre comme pour lui ôter toute occasion de se trouver avec Cécile et de lui parler. Quant au jeune peintre, il se retirait régulièrement vers la chute du jour, à l'heure où la veillée réunissait toute la famille, et comme s'il eût voulu éviter la présence de Richard. Celui-ci crut aussi s'apercevoir que Rodolphe le traitait avec une froideur et un dédain toujours croissants.

Une quinzaine de jours après l'arrivée de Rodolphe, on se trouvait, un après-dîner, réuni sur la terrasse. Le conseiller provincial Waechter et sa fille, qui étaient venus faire visite à la famille Winterbach, semblaient prendre grand plaisir à entendre la conversation vive et spirituelle du peintre. L'entretien, d'abord général, dégénéra bientôt en causeries particulières. Le conseiller Waechter et Winterbach paraissaient surtout causer entre eux d'affaires intimes. Bien que leurs siéges fussent un peu retirés de la grande table de pierre qui tenait le milieu de la terrasse, et qu'ils parlassent à voix basse, Richard entendit distinctement ces mots, prononcés par son oncle :

— Ne vous semble-t-il pas aussi, M. le conseiller, que Cécile et Rodolphe ont du penchant l'un pour l'autre : il est riche, de bonne famille, instruit et indépendant; certes, un semblable parti pour ma fille m'agréerait parfaitement.

Frappé au cœur par ses paroles, Richard allait se lever sous un prétexte quelconque et quitter la société, lorsque Caroline Waechter ayant tourné ses regards vers le fleuve, s'écria tout à coup :

— Regardez donc, mon père, voilà encore un bateau tout chargé d'émigrants!

Chacun tourna les yeux vers le haut du fleuve, et contempla le bateau qui descendait le courant; il était surchargé d'hommes et de bagages.

— Quel est le sort qui attend ces pauvres gens à l'étranger? dit Cécile d'un air triste. Trouveront-ils là-bas la fortune qu'ils rêvent?

— Eh! les monceaux d'or ne font pas le bonheur, s'écria Richard d'un ton amer. Ce qu'ils ont sans doute cherché en vain, — des cœurs aimants, — ils le trouveront peut-être là-bas.

— Bien des gens ont pensé ainsi, et se sont trompés, répliqua tranquillement d'Ortenberg. Ce n'est pas pour chercher des divertissements que l'on doit se rendre dans le nouveau monde.

— Les hommes sans connaissances pratiques et les fainéants ne prospèrent pas là-bas, c'est vrai, répartit Richard avec colère, mais un homme propre aux affaires et de bonne volonté doit y faire fortune.

Le peintre laissa échapper un geste de colère,

promptement réprimé, puis il reprit avec tranquillité :

— Il paraît, M. Stromfeld, que vous n'avez jamais été loin de la patrie, dit-il; autrement, vous ne parleriez pas ainsi. Pour moi, j'ai connu d'excellentes gens qui, ayant quitté leur pays pour quelque rancune, furent saisis tout à coup de si poignants regrets pour le foyer natal, qu'aucun avantage ne leur eût semblé préférable à la perspective de s'y rasseoir un jour... Oh! c'est une souffrance invincible, allez, monsieur, ajouta-t-il après une pause, que de voir, debout sur le pont d'un vaisseau, fuir au loin et s'effacer graduellement les vallées d'abord, puis les collines, puis les hautes montagnes de la terre natale... Oh! que l'on voudrait alors pouvoir retenir des yeux la côte bleuâtre qui se fond dans les nuées : on regarde, on regarde toujours, et bientôt les larmes voilent la vue...

Cécile, attendrie, regarda le peintre; il était, en effet, en proie à une émotion profonde, et ses yeux étaient humides.

« En pareil cas, pensa Richard, une femme seule peut pleurer. »

Le peintre ayant repris plus d'empire sur lui-même, continua, en voyant le navire glisser mollement sur le fleuve :

— Peut-être ces pauvres gens sont-ils forcés de quitter leur pays ; qui sait si la fortune ne leur sera pas plus favorable au delà des mers ! Mais combien d'hommes sans cause raisonnable, pour un caprice, pour un désappointement, pour un retard de quelques jours dans leurs projets de bonheur, de fortune même, s'expatrient pour toujours : c'est là, il faut en convenir, un déplorable aveuglement !

— Les appréciations du bonheur ou du malheur de l'homme sont aussi différentes et aussi nombreuses que les individus, monsieur, répliqua aigrement Richard, s'imaginant que Rodolphe avait voulu faire une allusion à ses propres pensées, que cependant il devait croire secrètes.

— Monsieur Stromfeld, dit Rodolphe d'un ton sec et tranchant, je pense que vous apprécieriez mieux ce qu'est la douleur de l'exil, si vous aviez à faire des adieux à des personnes aimées.

Puis, sans paraître remarquer les regards courroucés que lui lançait Richard, et le sourire d'approbation que lui adressa Cécile, il salua la compagnie et sortit.

Richard se mordit les lèvres, et apaisa sa rage en se promettant fermement à lui-même de ne pas tolérer au peintre, une seconde fois, des manières et une forme de langage qui ressemblaient fort à la leçon faite à un écolier.

Cécile s'efforça, avec son enjouement habituel, de rétablir la sérénité sur tous les fronts; elle n'y réussit qu'après d'assez longs efforts, car tout le monde, à l'exception du vieux conseiller qui, à propos du passage des émigrants, préconisait l'excellence du système pénitentiaire pensylvanien à M. Winterbach, qui ne l'écoutait pas; tout le monde, disons-nous, avait suivi avec anxiété l'altercation des deux jeunes gens. Quand le conseiller eut tout à son aise, et sans contradicteurs, énuméré les inconvénients et les avantages du système cellulaire appliqué à tous les crimes et délits que punit la société, il aspira fortement une prise de son excellent tabac, et déclara qu'il était temps de se retirer, ayant, dit-il magistralement, des affaires urgentes et gouvernementales à étudier.

Quoi qu'il en eût, Richard ne put se soustraire au devoir de faire passer, sur sa nacelle, le fleuve aux hôtes de son oncle.

Le conseiller et sa fille déposés sur la rive,

Richard, pour apaiser les tempêtes de son cœur, se mit à ramer vigoureusement contre le courant du fleuve. Il fatigua longtemps ses bras robustes avant de retrouver le calme; peu à peu, cependant, le silence qui régnait autour de lui, les doux rayons de la lune qui argentaient les flots, exercèrent sur lui leur romanesque influence; il s'abîma dans une profonde rêverie, que la cloche de minuit parvint seule à dissiper.

Il avait amarré son esquif, et se disposait à rentrer dans son appartement, lorsqu'un bruit, parti des hautes broussailles qui confinaient au jardin, attira son attention. A peine la cîme des arbres était-elle agitée par le souffle frais de la nuit; la haie du jardin était haute, le gibier ne pouvait pénétrer; tout le monde, au château, se livrait au repos. Richard, cependant, était sûr de son ouïe : il pensa à quelque maraudeur attiré par la beauté des fruits du verger; il fit quelques pas et écouta dans tous les sens; sa recherche fut vaine; il n'entendit plus d'autre bruit que le lointain clapotage des flots du Rhin se repliant les uns sur les autres; sa vue non plus ne put rien découvrir, sinon les grandes ombres fantastiques que dessinaient les bâtiments et les arbres éclairés par la lune.

V

CE QUE L'ON VOYAIT LA NUIT DANS LE JARDIN.

Richard rentra chez lui. Au moment de fermer sa fenêtre, un nouveau bruit frappa son oreille; ce bruit, il le reconnut bien vite; c'était celui des deux rames d'un bateau sillonnant le fleuve. Tout à coup, — illusion ou réalité, — un spectacle étrange se déroula à ses yeux étonnés. Il lui sembla voir, dans une gondole, deux formes humaines qui se tenaient embrassées, un homme et une femme. Bientôt il reconnaît Cécile, puis le peintre, à sa longue et ondoyante chevelure, à son berret, à son costume bizarre. Un troisième personnage, un homme, ramait à la poupe de la gondole; Richard y fit à peine attention; ses yeux ardents étaient comme cloués sur l'homme et la femme qui se tenaient embrassés. Quelques minutes, qui étaient pour lui des siècles, passèrent; puis le frêle esquif, glissant sur les flots, disparut derrière une montagne saillante qui cachait le fleuve.

Richard était anéanti, il ne pouvait plus même douter; c'était bien Cécile et Rodolphe. Cécile qui, la nuit, se promenait sur le Rhin, en compagnie d'un étranger... Oh! c'est alors que le jeune homme sentit combien son amour était sincère, profond, idéal. Le désespoir s'empara de lui; il lui sembla que son cœur se déchirait dans des douleurs inexprimables.

Le lendemain, Richard allait monter à cheval pour se rendre dans un petit village, lorsqu'il aperçut de loin Cécile seule dans le jardin. Il s'enfonça dans une allée ombreuse pour s'approcher d'elle sans en être vu. Il réussit à souhait; il put la contempler tout à son aise; bientôt une émotion profonde, indicible, s'empara de lui. La jeune fille, sans défiance, travaillait à un petit tableau dressé sur un chevalet placé devant elle. Parfois elle s'arrêtait, souriait à son ouvrage; puis, paraissant faire des efforts de mémoire, elle se remettait à peindre avec ardeur. La candeur siégeait sur son front, et l'innocence dans ses yeux;

jamais Richard ne lui avait trouvé le visage plus reposé et plus doux.

« Oh, c'est impossible! se dit-il, pensant à la scène de la nuit. Il faut que je lui parle, il faut que j'entende le son de sa voix. » Alors, faisant un long détour, et agitant le feuillage tout exprès pour être entendu, Richard s'approcha de Cécile.

— Ah! vous venez à temps, dit-elle, en retournant brusquement sa toile, afin que le jeune homme n'en pût voir le sujet; ouvrez-moi, s'il vous plaît, de vos vigoureuses mains, cette petite boîte à couleurs, dont j'ai perdu la clef.

Il prit vivement la cassette qu'elle lui tendait par un mouvement gracieux, et tenta de l'ouvrir. Mais, tout occupé des pensées qui l'agitaient, il n'en put venir à bout.

— Allons, mon cousin, dit-elle, d'un ton moitié riant, moitié grondeur, voici que vous me regardez encore d'un air sombre et comme si vous vouliez me percer de vos regards. Avez-vous donc vu cette nuit quelque affreux spectre?

« Ce ne peut être elle, se dit-il en lui-même; oserait-elle parler de cette nuit horrible? »

— Oh! reprit-il tout haut, en jetant sur elle un regard perçant, tout chargé encore de défiance,— il est bien vrai que j'ai vu cette nuit,—spectres ou personnes, — des promeneurs passer en gondole sur le Rhin, vers minuit.

A la grande joie de Richard, le visage de Cécile ne trahit aucune émotion.

—Mais, cousin, dit-elle, cela n'est pas possible, à moins que vos promeneurs n'aient trouvé un batelier surnaturel, car le vieux Merten, vous le savez bien, n'oserait jamais se risquer la nuit, et surtout à cette heure, sur le fleuve.

En ce moment, le couvercle de la cassette, vigoureusement pressé, céda. Cécile l'arracha aussitôt avec vivacité des mains de Richard; puis, confuse, la joue colorée d'un rouge foncé, elle baissa les yeux. Bien que le mouvement de la jeune fille eût été si rapide que Richard avait à peine pu jeter un coup d'œil furtif dans la cassette, il avait toutefois eu le temps de distinguer une peinture toute fraîche, représentant un jeune homme; la figure, il n'avait pas eu le temps de la reconnaître, mais une voix intérieure lui cria douloureusement : c'est le portrait de Rodolphe! L'embarras évident de Cécile confirmait, hélas! cette assertion. Richard regarda un moment la jeune fille en silence; il fit quelques pas pour s'éloigner d'elle, puis revint, s'éloigna de nouveau avec effort, et enfin se rapprocha :

— Oh ! Cécile, dit-il brusquement en saisissant convulsivement les mains de la jeune fille interdite, que vous ai-je fait pour que vous détourniez ainsi vos yeux de moi ? Vous avez plus de confiance en cet étranger qu'en votre cousin, si dévoué, si respectueux. Oh ! délivrez-moi de cette cruelle incertitude, dites-moi ce que j'ai fait pour m'attirer vos dédains ?...

Cécile regarda Richard de ses yeux clairs et limpides qui mettaient hors de lui le malheureux jeune homme.

— Il est pourtant vrai, dit-elle avec dépit, qu'il est impossible d'être un moment en repos avec vous. A peine a-t-on oublié vos fantasques boutades, qu'une nouvelle légion de lubies plus bizarres les unes que les autres, s'empare de votre cervelle : vous êtes fou !

Richard, exaspéré, se précipita hors du jardin, et courut vers son cheval, que tenait par la bride, en l'attendant, le vieux François, celui de tous les domestiques de la maison qu'il affectionnait le plus et qui, en effet, lui était le plus dévoué.

Le vieux François, depuis longtemps, avait deviné les chagrins de son jeune maître ; il en soupçonnait la cause, aussi avait-il pris en une sorte d'horreur le beau peintre qui était, au contraire, la folie des autres domestiques. En voyant venir à lui le jeune homme si agité, il murmura entre ses dents :

— Pauvre et cher monsieur, il ne sera pas trompé plus longtemps, je lui dirai tout, oui, tout.

Sous prétexte que la selle avait été mal attachée par le palfrenier, François s'agita autour du cheval comme pour réparer cette négligence :

— Si c'était pour ce barbouilleur de la tour en ruines, dit-il entre ses dents, je ne me donnerais pas tant de mal ; j'aimerais autant, pour le bien que je lui veux, que la selle du cheval fût à deux pouces en arrière de la queue.

Richard connaissait l'humeur du bonhomme ; malgré son émotion, il vit que le domestique voulait lui parler.

— Eh bien, François, lui dit-il avec douceur, quelle mine du diable fais-tu donc aujourd'hui ; qu'est-il arrivé ?

Le vieillard réfléchit un moment comme s'il cherchait la forme la plus douce et la plus prudente à donner à sa confidence, afin de ne point porter un coup terrible à son maître préféré. Ayant enfin, il paraît, trouvé son exorde, il aborda ainsi son sujet :

— M. Stroufeld, dit-il, je crois qu'il serait nécessaire, la nuit, de laisser courir en liberté Hector et Azor, car nos beaux fruits mûrs pourraient nous attirer de la visite étrangère...

— Aurais-tu entendu quelque bruit cette nuit, demanda Richard, tressaillant au seul souvenir de sa découverte de la veille; crains-tu les voleurs?...

— Oh! ce n'étaient pas des voleurs, fit le vieillard en hochant sa tête d'un air d'intelligence discrète, heureux d'une question aussi positive; non, ce n'étaient pas des voleurs, reprit-il plus bas.

— Qu'as-tu vu? dit brusquement le jeune homme, qui s'impatientait de ces lenteurs prudentes, et avait hâte d'arriver au bout des confidences du bonhomme.

Le vieillard se rapprocha de Richard, et après s'être assuré par un rapide coup d'œil qu'il ne pouvait être entendu que de lui, il lui dit à l'oreille :

— Cette nuit, j'ai vu deux individus se glisser d'abord dans le verger, puis dans le jardin, puis...

— As-tu vu leurs visages? interrompit brusquement le jeune homme.

— Laissez-moi vous parler à ma manière,

monsieur Stromfeld, vous voyez bien que je veux vous dire ce que je crois vous être utile ; vous ferez ensuite ce que vous voudrez de ma révélation.

— Tu me fais mourir avec tes lenteurs...

— Eh bien donc, je parle sans plus m'arrêter. Il y a quelque temps déjà que, traversant la cour au milieu de la nuit, j'entendis un bruit de voix venant du jardin ; j'allai de ce côté en assourdissant mes pas. Tout à coup, deux personnes assises sur le banc de la terrasse se levèrent, et marchèrent avec précipitation dans la direction du parc ; je doublai le pas, mais les deux personnes allaient plus vite que moi. Bientôt elles disparurent complètement dans les hautes broussailles. Quelque recherches que je fisse, je n'en retrouvai point leurs traces... le lendemain, je me mis avec précaution en embuscade et tendis l'oreille; les mêmes personnages revinrent s'asseoir sur la terrasse, puis, comme la veille, disparurent à mon approche. Mais, cette fois, je pus reconnaître que les personnes nocturnes étaient un monsieur et une dame. Une autre nuit encore, j'arrivai à une autre découverte : le monsieur et la dame prirent la direction de la vieille tour ruinée.

— Ne les as-tu donc point enfin reconnus, dit

Richard, haletant sous le poids de son émotion.

— Pas cette nuit-là encore, monsieur Stromfeld, mais hier seulement, au clair de la lune; car ils passèrent si près de moi que je vis, comme je vous vois, le visage de la dame : c'était mademoiselle Cécile.

— Mais l'homme? reprit Richard d'une voix étranglée par la rage.

— Oh! lui, c'est différent, je ne pus reconnaître ses traits, car il portait un masque.

— Un masque! tu as rêvé; qui porte des masques en ce temps-ci pour courir la nuit?

— Vous pourrez rêver comme moi, s'il vous plaît la nuit prochaine, de dix heures à minuit, visiter le jardin; car les deux promeneurs mystérieux reviendront à coup sûr prouver que votre vieux serviteur n'a pas rêvé, tout éveillé sur ses jambes.

— Allons, ne te fâches pas, mon bon François, et dis-moi bien vite tout le reste.

— Oh! ce ne sera pas long maintenant, car il ne s'agit plus de ce que j'ai vu et entendu, mais de ce que m'a dit Dietrich.

— Est-il aussi mêlé dans cette affaire? exclama Richard, craignant d'apprendre qu'une personne connût ce fatal secret.

— Non, reprit doucement le vieillard, je me suis gardé de lui faire part de mes découvertes. Seulement, je l'ai fait jaser sur la vie que mène le peintre.

— Eh bien?

— Monsieur Rodolphe d'Ortenberg brûle de la chandelle la nuit, et il reçoit la visite régulière de deux personnages mystérieux, un monsieur et une dame, que jamais Dietrich n'a pu reconnaître, tant ils prennent de précaution pour cacher chaque nuit leur arrivée et leur départ, aidés en cela par ce damné peintre.

— Quel peut être ce troisième personnage? dit Richard, comme se parlant à lui-même.

— Je ne puis le deviner, reprit le vieillard.

VI

CE QUE L'ON VOYAIT LA NUIT DANS LA VIEILLE TOUR.

Richard avait besoin d'être seul pour mettre en ordre et d'accord tous les renseignements qu'il venait de recevoir. Remerciant donc le vieux François de ses bonnes confidences, il se plaça lestement en selle et piqua son cheval, se promettant, dans son agitation fiévreuse, de percer tous ces mystères. Ce qui résultait de plus clair de tout ceci, c'est que le peintre et Cécile n'étaient pas seuls dans cette intrigue; une troisième personne y prenait évidemment part. Le jeune homme, en évoquant ses souvenirs de la nuit dernière, se rappelait qu'en effet la barque portait trois personnes, deux qui se tenaient embrassés, une autre qui ramait. Cet homme, ne serait-ce pas cet ami si dévoué, dont parlait souvent Rodolphe d'Ortenberg, et qui lui avait rendu de si grands services en maintes occasions de sa vie? Le nom de cet homme, Richard ne l'avait jamais entendu prononcer, il savait seulement qu'il habitait la ville voisine, il avait cru comprendre, mais peut-être se trompait-il, que l'ami du peintre était aussi un artiste.

« Serait-ce par hasard cet inconnu qui aurait des rendez-vous nocturnes et secrets avec Cécile, et le peintre Rodolphe ne serait-il dans tout ceci qu'un ignoble médiateur? se demandait Richard. Mais alors comment expliquer cet enlacement de bras sur le bateau du Rhin? Quelle nécessité alors de la présence de cet importun étranger entre les deux amants? » Le jeune homme se perdait dans ses pénibles conjectures, qui toutes arrivèrent à cette poignante réalité : Cécile en aime un autre, quel qu'il soit.

Richard, tout le jour, au milieu de ses travaux et de ses visites sur les différentes parties de la propriété de son oncle, qu'il avait incessamment à surveiller, roula dans sa tête ces pensées contradictoires, attendant impatiemment d'être libre pour éclairer par de nouvelles informations, s'il était possible, ce dédale horrible.

Le soir, à peine dix heures avaient sonné au clocher de la petite ville voisine, tout le château étant plongé dans le silence et le repos, le jeune homme sortit avec précaution de son appartement, et gagna, à pas aussi pressés que les battements de son cœur, les sentiers du parc conduisant aux environs du vieux burg. Il voulait épier ce qui se passerait cette nuit-là dans la demeure pittoresque du peintre.

La disposition des lieux favorisait on ne peut mieux les projets de Richard. D'un pan de mur crevassé, et situé sur une hauteur assez rapprochée de la tour habitée par le peintre, il pouvait tout voir, sinon tout entendre.

Avec cette vigueur et cette agilité merveilleuse, habituelles aux gens des pays accidentés que borde le Rhin, qualités doublées en ce moment par une fiévreuse curiosité, le jeune homme eut bientôt exécuté sa périlleuse ascension, tantôt à l'aide de plantes grimpantes, tantôt à l'aide de pierres ressortant des murailles de l'édifice en ruines. S'étant placé, au plus près de la tour, dans une anfractuosité formée par les restes d'une fenêtre ou embrâsure rompue par la guerre et broyée par la dent des siècles, Richard projeta avidement un long regard devant lui. La chambre du peintre était plongée dans la plus complète obscurité ; ses visiteurs sans doute n'étaient point arrivés, et lui-même devait être absent.

Richard avait du temps devant lui ; il se prit a considérer le spectacle qui se déroulait sous ses yeux. Il dominait le cours du Rhin, qui coulait à quelques pas, à grand bruit, dans une vallée profonde ; sur la rive opposée s'allongeait la gracieuse petite ville, où s'éteignaient successivement toutes les lumières et tous les bruits; aux bornes de l'horizon s'élevaient çà et là comme de gigantesques et graves sentinelles gardant toute la contrée, les vastes pans de murs en ruines des vieux burgs. Quelques ruines affectaient des formes gracieuses, bizarres, fantastiques ou effrayantes, selon les effets de la lumière; car, ce soir-là, le ciel était accidenté de nuages noirs et sombres, à chaque instant traversés par les purs et limpides rayons de la lune, alors dans son plein. Des senteurs automnales s'élevaient de la terre, doucement répandues dans l'atmosphère par la légère brise des nuits. Richard, comme malgré lui, sentit s'éteindre graduellement l'agitation de ses sens; des pensées plus douces s'emparèrent peu à peu de son esprit. Une heure se passa ainsi.

Chimères, hallucinations que tout cela ! se dit-il

enfin. Ce vieux François se sera monté la tête avec quelque conte débité par ce sot Dietrich, et moi j'aurai donné, aveuglé par la jalousie, la figure de Cécile et du peintre à quelque pêcheur de nuit attardé avec sa femme sur le Rhin...

VII

LA RUINE DES DERNIÈRES ESPÉRANCES DE RICHARD.

Mais en ce moment, une masse noire se dessina sur la nappe argentée du fleuve; bientôt cette masse noire devint une barque; dans la barque, se détachèrent trois formes humaines. Richard les reconnut aussitôt : Cécile, le peintre et le rameur inconnu lui apparaissaient plus distincts peut-être encore que la veille.

La petite barque aborda; les trois personnes qui la montaient en descendirent, se dirigeant lentement vers la vieille tour habitée par le peintre Rodolphe. Les sinuosités du sentier dérobaient parfois le petit groupe à l'œil ardent de Richard; alors il concevait l'espoir insensé de ne plus le voir reparaître. Il eût été si heureux de se retrouver visionnaire! Cette anxiété dura une demiheure environ.

Il était si près de la vieille tour habitée par Rodolphe, qu'il entendit monter l'escalier et gémir la porte. Bientôt une lumière éclaira la chambre. Une personne apparut tout d'abord à Richard, sa cousine Cécile! Le pauvre jeune homme eut un instant d'éblouissement, et ferma les yeux, étreignant le mur pour ne pas tomber à la renverse...

Quand il se détermina à regarder de nouveau dans la chambre, un homme s'y promenait à grands pas, les bras croisés sur la poitrine; de temps à autre, il s'approchait de la fenêtre et regardait mélancoliquement le ciel : c'était le peintre. Au fond de l'appartement, Cécile, les mains dans les mains d'un jeune homme dont Richard ne pouvait voir le visage, causait dans le plus mol abandon. Tout à coup le jeune homme inconnu se leva, se plaça devant un chevalet, prit la palette et les pinceaux; le peintre plaça les lumières, puis s'alla mettre à côté de Cécile, qui avait pris l'attitude d'une personne qui va poser. La lumière donnait en plein sur les trois personnages. Richard une fois encore s'assura d'un rapide coup d'œil que les modèles étaient bien Rodolphe et sa cousine; quant au peintre improvisé, vainement il essaya de se rappeler où il avait vu ce doux et frais visage, encadré de longues et soyeuses boucles blondes. Était-ce donc l'ami dont d'Ortenberg parlait si souvent comme d'un homme brave et éprouvé? Impossible. Le jeune homme que Richard avait devant les yeux avait à peine vingt ans. Pendant que notre observateur faisait ces réflexions, celui qui en était l'objet principal, travaillait à son œuvre avec une ardeur qui arrachait à Rodolphe une foule d'exclamations que Richard ne pouvait entendre, mais qu'il supposait approbatives, aux gestes qui les accompagnaient et au sourire charmant de remercîment que lui adressait le jeune homme.

Au bout d'un certain temps, Cécile, se trouvant sans doute fatiguée, alla s'asseoir dans un grand fauteuil. L'inconnu jeta négligemment ses pinceaux dans un coin et s'approcha vivement d'elle, lui prit la tête dans ses deux mains et lui donna un baiser sur le front.

C'en était trop pour le pauvre Richard. Il voulut crier aux infâmes quelque horrible parole, mais la voix lui manqua. Éperdu, hors de lui, il se jeta, au risque de se rompre mille fois le cou, en bas de son pan de mur, et se mit à fuir comme un insensé.

Il était plus de minuit lorsque Richard rentra chez lui. Il avait pleuré, il avait crié, il avait maudit à travers vallons et collines ; il s'était, pensait-il, un peu soulagé ; il croyait avoir pris un parti énergique et définitif, celui d'arracher désormais de son cœur ce fatal amour pour une femme qui en était si peu digne. N'avait-il pas eu toutes les preuves possibles de sa trahison !

Demain il quitterait pour toujours ce pays maudit ; tout le monde comprendrait bien, et surtout Cécile, à la froideur de ses adieux, qu'il n'était plus la dupe de personne ;... il n'emporterait pas un seul regret pour celle qui avait ainsi méconnu son cœur... et le pauvre jeune homme, en proférant ces menaces, mouillait son oreiller de ses larmes.

Il finit par s'endormir toutefois ; à vingt-cinq ans le sommeil est si puissant !

Le lendemain de cette nuit agitée, Richard se leva plus calme, mais non moins résolu, croyait-il, à exécuter son dessein d'abandonner la famille Winterbach pour toujours. Ayant aperçu son oncle se promener seul sur la terrasse, il se dirigea vers lui.

Le visage de Winterbach, contre son habitude, était souriant et ouvert; il tenait une lettre à la main. Soit qu'en effet il ne vit pas l'air soucieux du jeune homme, soit qu'il ne voulût pas s'en apercevoir, il lui adressa la parole d'un ton cordial et familier :

—Eh bien, Richard, es-tu content des ouvriers? comment vont nos récoltes, seront-elles aussi belles que l'année passée? Voyons, éveille-toi, tu parais encore dormir. Je sais bien que tu te fatigues beaucoup; tu es le seul qui travailles ici; mais tu es le plus jeune, et, après tout, j'ai bien gagné le repos.

Jamais M. Winterbach n'avait été aussi expansif envers son neveu. Le jeune homme eut comme un remords; ses résolutions chancelèrent un instant. Il se remit bien vite, et rendit froidement compte à son oncle de l'état des travaux des champs. Il avait constamment baissé les yeux en parlant, et lorsqu'il les releva, il lui sembla que le visage de son oncle portait l'empreinte de la satisfaction et de la gaieté. Allons, pensa Richard amèrement, il est content de son employé...

— Mon garçon, dit Winterbach, tu me parais

soucieux; depuis quelque temps, tu n'es plus le même, tu sembles mécontent; désires-tu quelque chose, as-tu quelque chagrin secret? dis-le moi, que diable! je ne suis pas ton oncle pour rien : as-tu besoin d'argent?

Aux premières avances de son oncle, Richard se sentit ému; il allait ouvrir son cœur. Mais à cette proposition d'argent, son humeur chagrine reprit le dessus, son orgueil se révolta, et il reprit avec aigreur :

— Eh! de quoi pourrais-je me plaindre, et qu'ai-je à désirer? Ne suis-je pas chez vous, mon oncle, au sein de l'abondance. M. d'Ortenberg, ce peintre de tant d'esprit, hier encore ne s'extasiait-il pas sur le bonheur des jeunes gens qui vivent dans leur famille, sans souci d'où vient le vent, qui montent aujourd'hui un cheval fougueux et courent à travers champs, qui demain rament sur le grand fleuve dans une nacelle fraîchement peinte, et portant les hôtes de la maison. Oh! je suis bien heureux, et il ne me manque rien; d'ailleurs des monceaux d'or ne font pas le bonheur...

— C'est bien, Richard, reprit Winterbach, sans paraître avoir compris le ton ironique de son neveu. Je craignais que tu ne fusses pas content de ton sort ; et, quelque plaisir que j'eusse à te conserver près de moi, j'ai souvent pensé que tu pourrais rêver, comme tous les gens de ton âge, à quelque plan d'avenir ; c'est avec grand plaisir, je te jure, que je t'en faciliterais l'exécution.

Un moment auparavant, Richard eût accueilli avec joie ces paroles qui semblaient indiquer chez son oncle, en même temps qu'un secret désir de le voir s'éloigner de la maison, une offre de concours tout paternel. Peu accoutumé à autant d'abandon chez un homme d'un caractère sévère et même un peu formaliste comme celui de M. Winterbach, le jeune homme se sentit tout à coup attendri et porté à la confiance. Ne pouvant maîtriser ses sentiments, il saisit brusquement la main du vieillard, et lui dit d'une voix presque éteinte, et par phrases entrecoupées :

— Mon bon oncle, quel dessein avez-vous à l'égard de Cécile ?... Ce peintre, que vient-il faire ici ?... Depuis l'arrivée de cet étranger, Cécile n'a plus un mot, plus un regard pour moi...

Winterbach regarda fixement son neveu ; il parut suivre avec une curiosité qui n'avait rien de sévère les sensations qui se peignaient tour à tour sur cette figure mobile. Une ou deux fois, le pauvre jeune homme crut que Winterbach allait parler pour l'encourager d'abord, pour le gronder ensuite. Enfin la figure de son oncle s'anima d'un sourire indifférent, mais qui parût forcé et contraint à Richard.

— Cécile, il est vrai, dit-il, paraît avoir changé de conduite à ton égard ; je m'imaginais qu'elle avait du goût pour toi, mais je m'étais trompé sans doute, ce n'était qu'une affection de parenté. Je ne te cacherai pas que je l'eusse volontiers vue te choisir, et c'est avec plaisir qu'un jour j'aurais changé ton nom de neveu en celui de fils... Mais, que veux-tu, les femmes sont frivoles et bizarres ; elles préfèrent souvent à un homme économe, laborieux et plein de dévouement respectueux pour elles, quelque nature fantasque et romanesque. Quoi qu'il en soit du choix de Cécile, tu me connais, mon garçon, je ne saurai jamais violenter ses sentiments, et si tant est qu'elle aime cet original, je ne le lui refuserai pas ; je ne puis rien pour toi en ceci.

S'interrompant tout à coup, le vieillard rouvrit la lettre qu'il tenait à la main, la parcourut un instant en silence, et s'adressant à son neveu de son ton froid et habituel :

— Richard, dit-il, il faudra te rendre cette après-midi chez M. Zoellner pour lui dire de se trouver ici demain vers une heure, j'ai à lui parler d'affaires importantes.

Ces mots dits, Winterbach tendit la main à son neveu comme pour en prendre congé et regagner à pas lents la maison.

VIII

LES ÉCRITS ONT L'INCONVÉNIENT D'ÊTRE DES PIÈCES DE CONVICTION.

« Si Cécile l'aime, je ne pourrai le lui refuser, et je ne puis rien pour toi en ceci, » répétait Richard avec rage. Cela veut clairement dire : — Mon garçon, prends ton parti, et ne fais pas trop mauvaise figure, car tu serais ridicule à la noce ! Oh! celui-là non plus ne m'a jamais véritablement aimé. Pourquoi m'avez-vous entraîné ici, mon oncle? Pourquoi m'avez-vous empêché de partir quand je voulais aller tenter la fortune dans le nouveau monde? Pourquoi m'avez-vous laissé entrevoir un avenir de tendresse réciproque à à votre foyer? Pourquoi surtout, là, tout à l'heure, avez-vous fait briller à mes yeux la possibilité, que je n'avais jamais même rêvée, d'une union avec Cécile, quand elle ne m'aime pas, quand son cœur est tout à un autre? Vos intentions étaient bienveillantes pour moi peut-être, mais ma destinée est fatale : je suis né malheureux, s'écria-t-il, dans le paroxisme de sa douleur... Allons, reprit-il un peu plus calme, que l'on ne m'accuse pas encore d'ingratitude, accomplissons jusqu'au bout nos devoirs, occupons-nous des intérêts qui me sont confiés, et qu'au moins mon oncle un jour me regrette.

Il se rendit à l'écurie pour faire seller un cheval, afin d'accomplir l'ordre que lui avait donné M. Winterbach, d'aller prévenir M. Zoellner, lorsqu'en approchant de la porte du jardin, ses regards furent attirés par un fragment de papier qui avait dû appartenir à une lettre, et que soulevait le vent. Il ramassa le papier et jeta les yeux avec distraction sur l'écriture. Il lut avec surprise son nom. Malgré l'absence de quelques mots, probablement enlevés par de nombreuses déchirures, il put toutefois facilement rétablir le texte entier de ce billet, ainsi conçu :

« Sans doute Richard, cet amoureux enragé,
« sera absent toute l'après-dinée; nous pourrons

« donc nous voir chez moi sans craindre l'espionnage de ce fantasque garçon. Les heures et les « jours se traînent si lentement pour moi quand « je ne te vois pas, que si je n'avais pas la certitude d'être aimé de toi et de te posséder un « jour, je sortirais de cette position intolérable. « Les taquineries burlesques de Richard me divertissent bien quelquefois ; mais plus souvent « elles m'irritent au dernier point, je crains aussi « qu'il n'arrive à pénétrer mon secret. Je suis « tenté à tout moment de lui faire une scène ; « qui sait ce qui en adviendrait... si ton père « allait refuser son consentement... »

Le billet était sans signature, mais Richard avait assez vu de l'écriture de Rodolphe pour être bien sûr que c'était la même. Des mots, des phrases manquaient sans doute, mais il en restait assez pour que le sens lui apparût clair et précis. Ce billet était adressé à Cécile, il n'y avait pas le moindre doute ; son nom ne se trouvait nulle part, mais les situations respectives étaient si bien définies qu'il n'y avait pas lieu de prendre le change.

— Ah ! misérable Rodolphe, s'écria Richard, tu me paieras tout cela de ton sang.

Il plia le fragment de papier et le plaça avec soin dans son portefeuille.

— A présent, dit-il, mettons ordre à mes affaires et à celles de mon oncle, et quand j'aurai châtié cet homme qui m'a fait endurer tant de tourments, je pourrai partir d'ici, je serai vengé. Vous rirez alors de moi, s'il vous plaît; dans mon lointain voyage, je rirai aussi en pensant à vous...

Richard ayant trouvé un cheval tout prêt dont la bride était aux mains de François, sauta en selle sans adresser un mot au vieux domestique, et partit comme un trait.

Il eut bientôt fait la commission de son oncle près de M. Zoellner. Il se dirigea alors vers la demeure du seul homme auquel il croyait pouvoir se confier, non qu'il voulût prendre aucun conseil, ses desseins étaient désormais arrêtés; mais il avait besoin de verser dans le cœur d'un ami le trop plein de désespoir et de haine qui débordait du sien.

IX

LA PROVOCATION.

Cet ami, pasteur d'un petit village éloigné des villes, était un homme simple et sans passions. Richard lui raconta tout ce qu'il avait souffert depuis quelques semaines ; il n'omit aucune circonstance, et lui lut le fragment de billet qui, selon lui, jetait la plus vive lumière sur l'intrigue dont il était la victime. Le pasteur écouta, sans l'interrompre, le jeune homme avec une grande attention et un visible intérêt. Après lui avoir fait répéter divers détails, sans doute pour se former une opinion plus nette et donner un conseil plus sûr, il réfléchit un moment, puis demanda froidement à son ami si sa résolution de passer aux États-

Unis était bien irrévocable, et surtout si ce qu'il venait de raconter en était le véritable motif. Richard regarda le pasteur avec stupéfaction :

— Que voulez-vous donc de plus, fit-il, et ne me trouvez-vous pas assez malheureux encore?

— Calmez-vous, mon ami, dit le pasteur ; mais permettez-moi de vous dire que je ne puis croire que les choses soient telles que vous me les racontez. Il y a dans tout ceci quelque méprise qui s'expliquera à coup sûr si vous y mettez un peu de patience.

— Ma patience est épuisée, l'heure de la vengeance est venue.

— Quel mot horrible venez-vous de prononcer, mon cher Richard, vous que j'ai connu si bon, si doux?

— Oh! vous avez raison, j'ai été tout cela, mais je ne le serai plus désormais. Vous ne pouvez comprendre, vous, homme de paix, tout ce que je souffre à cette heure, d'avoir été ainsi moqué, méconnu par ceux que j'aimais.

— Il y a dans tout ceci quelque malentendu qui s'expliquera.

— Un malentendu! eh! n'ai-je pas demandé et obtenu des explications! Cécile m'a traité de fou, et mon oncle lui-même ne m'a témoigné qu'une stérile pitié... Oh ! maudit peintre ! reprit-il avec rage.

— Promettez-moi, Richard, de ne pas donner suite à ces affreux projets de duel. Si je ne dois plus vous revoir, si vous devez partir, croyez-moi, ne vous mettez pas dans le cas d'emporter un remords de votre patrie... laissez-moi garder de vous un pur souvenir...

— Vous ne me demandez pas plus que je ne saurais faire, mon cher Théobald ; il faut que ma destinée s'accomplisse ; mais où que je sois, votre souvenir brillera toujours comme une douce étoile dans la sombre nuit de ma vie, et ce sera pour moi une grande consolation, dans les pays lointains que je vais parcourir, lorsque ma pensée se reportera aux lieux où je suis né, de savoir qu'un cœur généreux y bat encore pour moi. Adieu, adieu.

Richard parti, Théobald se demanda s'il préviendrait par une confidence faite à propos tous les malheurs qui pouvaient résulter de l'exaspération du jeune homme. Timide, étranger au monde, connaissant à peine M. Winterbach, il craignit de se voir mal accueilli dans une famille où, après tout, il n'était pas appelé. Puis il songea que Richard, le premier moment passé, réfléchirait, s'apaiserait de lui-même, et ne mettrait à exécution aucun de ses projets.

Richard franchit rapidement la longue distance qui le séparait du château de son oncle. Le mouvement, le grand air, les conseils mêmes que venait de lui donner son ami, bien loin de le calmer, ne firent que l'irriter davantage; il roulait dans sa tête brûlante mille noirs projets, et s'impatientait de la lenteur de son cheval, qui cependant bondissait sous l'éperon.

Il arriva enfin, à la nuit close; personne ne se trouva sur son chemin; la maison était presque déserte : M. et Mme Winterbach étaient en visite dans le voisinage, et ne devaient rentrer que fort tard, à ce que lui dit le vieux François. Richard se félicita en lui-même de cette circonstance. Il avait assez de temps devant lui pour accomplir ses desseins sinistres. A dix heures, il pouvait être à C... et prendre le convoi de Rotterdam, où il s'embarquerait sur le premier vaisseau venu.

— Et Cécile? demanda-t-il avec hésitation au vieux domestique.

— Mademoiselle est sortie depuis ce matin pour...

Richard interrompit brutalement François :

— Elle est avec le peintre ! s'écrie-t-il avec rage, et il ferma la porte violemment. Il avait la tête perdue.

Il tira ses pistolets de son secrétaire, et prit de la poudre et des balles qu'il roula convulsivement dans ses doigts…

— En écrivant, dit-il, mon agitation se calmera :

« Si vous ne voulez pas être flétri du nom de
« lâche, venez seul, ce soir, à huit heures, der-
« rière la ruine, dans le bois de sapins. Le petit
« billet ci-inclus, que le hasard a jeté dans mes
« mains, vous dira les causes de ma haine. J'au-
« rai des armes sûres. »

Cette lettre, on le devine, portait pour suscription : *A M. Rodolphe d'Ortenberg.*

Richard écrivit ensuite à son oncle une longue et touchante lettre, qui fit plus d'une fois jaillir les larmes de ses yeux. Il remerciait avec une pieuse reconnaissance le frère de sa mère de ses bontés pour lui. Puis il ajoutait que le séjour de l'Europe lui étant de plus en plus insuportable, il revenait à son premier projet, et partait pour l'Amérique.

Il faisait ensuite ses adieux à Mme Winterbach. Le nom de Cécile ne sortit pas une seule fois de sa plume, mais sous les vives effusions de cette tendresse de tante à neveu, on sentait à chaque ligne la douleur poignante de l'amant.

Au moment où il cachetait cette lettre, ses yeux se portèrent par hasard sur la tour en ruine habitée par Rodolphe. Une vive lumière y brillait. La colère un moment assoupie du jeune homme se réveilla :

— François ! cria-t-il avec force.

Le vieux serviteur entra aussitôt, sans doute il s'attendait à un ordre.

— Porte bien vite cette lettre au peintre, dit-il; demain seulement, entends-tu bien, tu remettras celle-ci à mon oncle.

— M. Richard n'est pas malade? demanda François d'une voix hésitante et émue.

— Non, dit-il d'une voix brève en faisant signe au vieillard de sortir.

François, après avoir regardé un moment son jeune maître en silence, se dirigea vers la porte. Richard le rappela :

— Je suis un peu fatigué de la longue course que j'ai faite aujourd'hui, lui dit-il avec douceur. Demain, il n'y paraîtra plus. Tout à l'heure, je vais sortir ; si l'on me demande ce soir, tu diras que je suis allé chez le docteur Eisenhardt, auquel j'ai promis, en effet, de goûter d'un bon vieux vin qu'il a reçu hier en présent. Cours maintenant, mon ami, faire ma commission auprès de Rodolphe, et n'oublie pas de remettre demain, mais seulement demain, la lettre à mon oncle.

François sortit en hochant la tête ; le vieillard était triste, et prêt à pleurer.

Quand Richard fut de nouveau seul, il reprit ses préparatifs de départ. Il mit en ordre les quelques souvenirs qui lui venaient de son vénéré père et de sa tendre mère, il écarta avec soin tout ce qui provenait des libéralités de son oncle et de sa tante ; il lui semblait que rien de ce qui avait appartenu à cette maison ne pouvait lui porter bonheur dans la nouvelle vie où il allait se lancer Au fond d'une petite bourse se trouvait intacte, comme à la veille du jour où il avait rencontré son oncle à Hambourg, la petite somme d'argent qu'il avait réalisée et qui représentait tout son modeste héritage.

— Ceci est bien à moi, dit-il en le fourrant dans sa gibecière qui pendait à son côté.

Dans un tiroir à secret, habituellement sous sa main, il ramassa un petit sac en perles destiné à contenir du tabac, et que sa cousine avait fait elle-même pour lui ; il brisa cet objet qui lui avait été si cher, et en rejeta avec horreur les débris dans la chambre...

Son sac de nuit étant enfin clos, et tous ses préparatifs terminés, il lui restait du temps encore ; il était six heures, il éteignit sa lumière pour faire croire qu'il était sorti, et se rapprocha de la fenêtre.

Il voulait jouir encore une fois des charmes de ce paysage enchanteur où il avait poussé tant de doux soupirs d'espérance ; il voulait revoir ces vertes collines aimées, qu'il avait tant de fois gravies en faisant mille riants projets d'avenir ; il voulait entendre une fois de plus ce doux murmure du fleuve allemand, confident discret des mille petits entretiens qu'il avait eus avec sa cousine, alors que, par les belles nuits d'été, il la promenait dans sa légère nacelle.

Le coup d'œil était magnifique et le paysage plein de mélancolie. Quelques rayons de soleil couchant fuyaient un à un de colline en colline, devant les molles vapeurs qui s'élevaient des vallées et du fleuve ; la base grisâtre des burgs en ruines se teintait insensiblement en noir, tandis que l'or du soleil, chassé des éminences où il s'était d'abord étendu, montait au sommet des tours démantelées, se jouant coquettement, tantôt aux aspérités des créneaux, tantôt dans les luxuriantes touffes de ces plantes que la nature jette comme à plaisir sur les tombes et sur les ruines.

Au loin, on entendait les chants des vignerons quittant leurs travaux pour rentrer dans leurs demeures, puis les aboiements des chiens de berger, puis les mille bruits confus de la fauvette pressée qui sort du gîte, et de l'aile de l'oiseau qui se perche dans les branches. La petite ville assise de l'autre côté du Rhin apportait dans ce concert solennel du soir son contingent tumultueux de sons, à l'heure où s'illuminent les veillées ; le courant des eaux, légèrement agité par cette brise odoriférante qui semble s'exhaler des fruits et des fleurs comme l'encens qui marque le passage des divinités, bourdonnait en sourdine une gamme d'une douceur ineffable...

Richard absorba par tous ses sens l'enivrement recueilli qui saisit les âmes poétiques en face de la nature ; une indéfinissable tristesse s'empara insensiblement de lui, son cœur se gonfla de sanglots, et ses yeux s'emplirent de larmes.

— Oh ! dit-il, tout ce qui vit et s'agite autour de moi rencontre une sympathie ; aucun sentiment, aucune pensée ne me répond, à moi; je suis seul, tout seul...

Il essuya sa vue voilée. La tour habitée par Rodolphe l'illumina tout à coup.

— Oh! la vengeance! s'écria-t-il.

Il se rejetta en arrière dans la chambre pour fuir la vue de cette lumière qu'il savait éclairer le rendez-vous des deux amants. Il se roula sur son lit comme un insensé et ferma les yeux.

Bientôt un bruit de voix monta du jardin jusqu'à lui; ces voix, c'étaient celles de Rodolphe et de Cécile :

— Nous allons donc être débarrassé de ce fou furieux, dit le peintre; il part demain pour l'Amérique.

— Dieu soit loué, reprit Cécile, nous pourrons donc désormais nous voir en plein jour, sans être forcés de nous donner des rendez-vous dans l'ombre comme les voleurs.

— J'admire en vérité ma patience envers ce misérable fanfaron, que j'aurais cent fois corrigé, sans la présence de ton père.

— Et j'ai pu vivre tant de jours et d'années côte à côte avec ce lourdaud, dit la jeune fille. Si je ne t'avais pas vu, ô Rodolphe, sans doute j'aurais épousé cet ignorant; sans toi je marcherais dans l'obscurité; c'est toi qui m'a ouvert le ciel...

— Dès que cet espion aura mis à la voile, nous célébrerons nos fiançailles, chère Cécile.

Rodolphe se tut un moment; il reprit en riant :

— Tu sais que j'ai la faveur de sa dernière visite; je ne pouvais, en conscience, lui refuser ce petit plaisir. J'ai laissé tout exprès ma lampe brûler dans ma chambre solitaire. Voici l'heure, adieu, à bientôt. »

— La flamme de ta vie s'éteindra avant ta lampe, misérable histrion, dit Richard en saisissant ses pistolets et se précipitant hors de sa chambre.

Il ferma sa porte, en jeta au loin la clef, puis s'achemina à pas pressés, mais sourds, pour éviter d'être entendu, vers le lieu du rendez-vous.

X

UN COUP DE PISTOLET.

Comme il arrivait au bois de sapins, huit heures, qu'il compta une à une, sonnèrent à l'horloge de la petite ville. Il était le premier au rendez-vous.

La lumière de la tour isolée s'éteignit tout à coup; bientôt Rodolphe fut en face de son ennemi.

Le peintre était souriant, sa pose était dégagée. Il commença à parler de malentendu, de méprise. Richard l'interrompit brusquement.

— C'est à nos pistolets de parler pour nous, dit-il.

— Faisons la paix, M. Stromfeld, dit le peintre comme tremblant. Laissez-moi vous expliquer tout ceci...

— Êtes-vous un lâche, Rodolphe, exclama Richard, et il lui tendit un pistolet, de la poudre et des balles.

Le peintre saisit le pistolet avec rage, et le chargea en un rien de temps, comme un homme exercé. Richard en fit autant de son côté.

— C'est à vous de tirer le premier, dit-il, d'un air sombre.

Le peintre ajusta, le coup partit; Richard resta debout : il n'était pas blessé.

— C'est un excellent coup, et qui prouve une main sûre, dit-il. A mon tour!

Il lâcha la détente, Rodolphe tomba, baigné dans son sang.

Une joie sauvage, infernale pénétra d'abord le cœur de Richard ; mais cette joie s'évanouit bien vite quand il vit le malheureux Rodolphe pâle, sanglant, luttant contre l'agonie, se lever péniblement, et lui dire de cette voix plaintive, entrecoupée des mourants :

— Fuyez... fuyez... et que Dieu vous pardonne... comme moi-même je vous pardonne... Votre indomptable caractère... a fait quatre malheureux... Cécile vous aimait.

— Que dites-vous ! s'écria Richard.

— On ne ment pas à cette heure... Cécile vous aimait... c'est un ange... Oh ! je souffre, mon Dieu !

Richard faisait de vains efforts pour crier au secours ; il ouvrit la bouche, mais aucun son n'en sortait ; la voix s'éteignait dans son gosier. Il avait pris Rodolphe dans ses bras comme une mère porte un fils blessé et chéri, en pleurant toutes les larmes de son cœur.

— Richard... donnez-moi votre main... fuyez, fuyez... Cécile vous aimait... oh !

Rodolphe cessa de presser la main de son meurtrier ; son corps retomba inerte sur le gazon : il était mort !

Richard sentit ses cheveux se hérisser ; une terreur panique s'empara de lui, il saisit son sac de nuit, sans savoir ce qu'il faisait, et se mit à fuir de toute la vitesse de ses jambes. Il gravissait les montées en courant, sautait les ravins et les fossés ; il n'osait respirer ni regarder devant lui ni à ses côtés ; il lui semblait que tous les arbres de la forêt se mettaient en mouvement et le poursuivaient : à chaque instant, il se baissait comme pour éviter leurs bras aigus et gigantesques. Cette course désordonnée, sans but, sans trève dura bien longtemps. Il ne s'arrêta enfin que les pieds dans le fleuve, dont la berge, en cet endroit, s'abaissait en pente douce.

Soudain, la cloche d'un bateau à vapeur sonna à toute volée ; une petite barque s'était approchée du fugitif. Le pontonnier lui dit brutalement :

— Montez donc, jeune homme, croyez-vous que nous avons le temps d'attendre que vous ayez fini votre déclaration à la lune? Richard obéit docilement ; une minute après, il était assis sur le pont du steambot, qui, mettant aussitôt ses roues en mouvement, fendit les ondes avec grâce et majesté.

Richard était sauvé, pour le moment du moins.

Personne ne fit attention à lui ; la nuit était avancée ; tous les voyageurs s'étaient, selon leur bourse, arrangés, qui dans son manteau, qui dans son mince sarrau de toile, et au plus près de la cheminée de la machine, pour dormir.

Un moment de raison, à travers son désespoir, éclaira enfin Richard. Il examina sa situation, et en pesa tous les dangers. Ce n'est plus à Rotterdam qu'il fallait s'embarquer, il fallait gagner la France, et se diriger sur un de ses ports, le Havre par exemple. Qui le soupçonnerait là? N'avait-il pas écrit à son oncle qu'il allait s'embarquer en Hollande. Il irait donc en France.

On arrête. Il revient à sa douleur. Ce moment de calme et d'examen en avait augmenté l'amertume, si c'est possible. Ses remords lui faisaient juger plus sainement, à cette heure, toute la folie, toute l'ingratitude et l'horreur de sa conduite. Son oncle avait toujours été bon, paternel pour lui; M. Winterbach devait-il changer de caractère pour son neveu? Son âge d'ailleurs ne comportait plus la fougue et l'expansion. Et sa tante, était-il au monde une meilleure femme, plus douce, plus facile. Oh! qu'il avait été ingrat! Et sa cousine Cécile, si spirituelle, si gaie, si charmante, avait-il donc le droit de la forcer à partager son amour. Son amour! mais le peintre en mourant ne lui avait-il pas dit que Cécile n'avait jamais aimé que lui, Richard. Le pauvre Rodolphe, c'est lui qui méritait de vivre plutôt qu'un insensé, devenu meurtrier. Car il l'avait tué, le brave jeune homme qui lui criait en arrivant sur le lieu du duel : « C'est une méprise, je vais tout vous expliquer, soyons amis... »

— Il m'a pardonné, mais moi je ne me pardonnerai jamais!

Richard pleura, se fit de grands et inutiles reproches, jura de se punir, évoqua encore une fois le passé, puis rêva, puis s'endormit enfin.

XI

LES VISIONS DE RICHARD FINISSENT PAR S'EXPLIQUER.

Les cloches annonçaient le jour du Seigneur; Winterbach, sa pipe neuve à la bouche, avait devant lui la gazette; Cécile, achevant sa toilette du dimanche, tout en écoutant les interminables digressions de sa mère sur les choux du jardin, sur le prix élevé de la viande, sur le sermon que prononcerait le pasteur après la messe, attendaient tous les trois, dans le salon de famille, qu'on leur servît le déjeuner, lorsque François, le plus vieux et le plus aimé des serviteurs de la maison, entra d'un air tout ému, tenant une lettre à la main.

— De la part de M. Stromfeld, dit-il, tendant

6

d'une main tremblante la missive de Richard à M. Winterbach.

— Une lettre de Richard ! exclamèrent à la fois le père, la mère et la fille.

— Oui, Monsieur Winterbach, reprit François ; cette lettre, je l'ai depuis hier au soir. J'avais l'ordre de ne vous la remettre que ce matin, et d'ailleurs, hier, en vous attendant, je me suis, malgré moi, endormi à force de penser à mon pauvre jeune maître.

— Et pourquoi Richard ne descend-il pas ? est-il malade ? fit Cécile avec inquiétude, tout en regardant son père, qui avait rompu le cachet et pâlissait en lisant.

— Richard est parti pour l'Amérique ! s'écria M. Winterbach.

— Que dites-vous, mon père ? fit la jeune fille en arrachant des mains de M. Winterbach la lettre de son cousin.

Cécile connut bientôt toute l'étendue de son malheur ; alors ce fut un torrent de larmes, de sanglots, d'apostrophes violentes à son père, à sa mère, à elle-même.

— Ah ! pourquoi, disait-elle, a-t-on joué cette abominable comédie ? qui l'a inventée ? pourquoi m'y suis-je prêtée ? C'est votre faute, mon père ;

à votre âge vous deviez prévoir les conséquences d'un semblable jeu sur un jeune homme ardent; c'est votre faute aussi, ma mère, vous avez manqué de tendresse... Oh! le pauvre Richard, lui si franc, si sincère, qu'il doit être malheureux à présent...

M. et Mme Winterbach n'avaient pas la force de gronder leur enfant, son état leur déchirait le cœur.

— Pourvu qu'il n'arrive pas malheur! reprit tout à coup Cécile.

— Hélas! Mademoiselle, fit plaintivement le vieux François.

— Que sais-tu? dit-elle, en se précipitant vers le bonhomme et le secouant pour qu'il parlât plus vite; mais celui-ci perdant la tête n'articulait que des phrases sans suite :

— Je ne me souciais pas de le laisser seul... allez, Mademoiselle... je ne voulais pas non plus porter la lettre à ce peintre maudit... il fallut obéir...

M. Winterbach entrevit un nouveau mystère, quelque catastrophe, et comme c'était un homme ferme et résolu, le maître dans sa maison, il imposa d'un regard le silence à tout le monde, et s'adressant au vieux domestique :

—Venez ici, François; c'est à moi seul que vous devez parler; dites-moi tout ce que vous savez.

François raconta alors ce qu'il avait vu de l'agitation de Richard, qui s'était enfermé dans sa chambre, et qui plus tard l'avait appelé pour porter immédiatement une lettre au peintre et lui remettre celle destinée à M. Winterbach.

— Ce qui m'a donné à penser, dit-il, c'est que M. Stromfeld avait préparé son sac de nuit comme pour un long voyage; dans sa chambre étaient épars ses habillements, puis, sur sa table étaient...

Le vieillard hésita. Cécile le questionna avidement :

— Qu'y avait-il sur la table? mon Dieu, parlez donc.

— Faut-il tout dire, Monsieur, demanda le vieux domestique à M. Winterbach.

— Eh! oui, à cette heure, il vaut mieux parler que se taire; tu vois bien l'impatience de cette enfant.

—Eh bien, sur la table de M. Stromfeld étaient ses pistolets.

— Grand Dieu! s'écria Cécile.

—Après huit heures... j'ai entendu deux coups de feu dans la direction du bois de sapins.

Cécile tomba évanouie, sa mère se précipita vers elle. M. Winterbach, d'un ton sévère, à François :

— As-tu porté la lettre au peintre?

— Je devais obéir à mon maître, fit le vieux serviteur tremblant.

— Richard aura tué Rodolphe! dit Winterbach. Voyons, que sais-tu encore?

— Plus rien, monsieur.

En ce moment, Dietrich, le gardien de la tour en ruines, entra. Il était dans la plus vive agitation. Tous les domestiques de la maison le suivaient.

— Qu'y a-t-il? lui cria Winterbach.

— Le vieux pêcheur soutient qu'il voit flotter sur le Rhin le corps de M. Rodolphe d'Ortenberg...

— Ah! malheureux jeune homme, dit M. Winterbach avec douleur; que l'on ne laisse pas le courant entraîner le corps, qu'on le rapporte ici, pour qu'il lui soit donné une sépulture chrétienne...

En ce moment, Cécile, revenant de son long évanouissement, promenait de tous côtés des yeux égarés; tout à coup elle s'écria : « Richard! » puis, s'échappant des bras de sa mère, elle se précipita vers la porte où, en effet, se tenait le jeune homme, regardant d'un air ébahi tout ce qui se passait dans le salon.

— Richard, dit-elle, non, n'est-ce pas, ce n'est pas toi qui as tué le peintre?

— Où avez-vous passé la nuit, Monsieur? fit d'une voix grave l'oncle Winterbach.

— *Dans ma chambre*, dit le jeune homme, et je suis tout ému encore de l'affreux rêve qui m'a tourmenté cette nuit, à ce point, que je ne sais, à cette heure, ce qu'il a de réel ou de fantastique, je...

Un grand trouble se fit dans le vestibule, et aussitôt le vieux conseiller Waechter et sa fille entrèrent, suivis d'un beau jeune homme, que, malgré sa mise élégante, et à la dernière mode du jour, tout le monde reconnut pour le peintre Rodolphe d'Ortenberg. Seulement, au lieu de ces longues boucles noires qui lui couvraient naguère les épaules, il portait de très-courts cheveux blonds, et sa grande barbe qui lui couvrait le visage s'était fondue, si l'on peut dire, en une élégante moustache.

— Ah! s'écria-t-il joyeusement en prenant la main de Richard, qui le regardait d'un air mi-stupéfait, mi-colère, je vous ai pour toujours débarrassé de cet ennuyeux peintre teutonique qui vous a causé tant de soucis. Ne voyez plus en moi que l'heureux prétendu de mademoiselle Caroline Waechter, qui n'oubliera jamais, non plus que moi, l'amitié si dévouée de votre chère Cécile, qui a consenti, au risque de tout, à protéger deux pauvres amoureux fort empêchés de se voir par suite de circonstances que M. Winterbach vous racontera, lui qui a été assez bon pour donner l'hospitalité au pauvre proscrit.

Richard regardait alternativement son interlocuteur, Cécile et son oncle; il ne comprenait rien à cet amphigouri.

Le vieux François murmura :

— Je suis cependant sûr d'avoir entendu les deux coups de pistolet.

—Certainement, dit Rodolphe, c'est moi qui les ai tirés, tout juste à huit heures et demie, pour annoncer de l'autre côté du Rhin, à ma chère Caroline, que je n'avais plus rien à craindre de la police.

— Mais le corps qui flotte sur le Rhin, dit à son tour Dietrich.

— C'est une botte de paille que je me suis amusé à revêtir des habits du peintre babillard que j'étais; c'est un dernier tour que je voulais jouer à mon ami Richard, ajouta Rodolphe.

— Alors c'est différent, il n'y a pas de mal, fit Dietrich, satisfait.

— C'est heureux que M. Dietrich donne son approbation, fit aigrement le conseiller Waechter, ce n'est pas en Angleterre que l'on laisserait ainsi parler devant leurs maîtres les domestiques; ils sont tenus à plus de respect.

— Et à moins d'affection et de dévouement, reprit gravement M. Winterbach; mais laissez-moi expliquer tout ceci à mon neveu, car il ne peut rien comprendre à tous ces détails, s'il ne sait le point de départ.

Richard fit un signe d'assentiment, de peur de retarder par une parole cet éclaircissement si nécessaire.

— M. le docteur Rodolphe Hauptmann, hier encore pour tout le monde, le peintre Rodolphe d'Ortenberg, reprit M. Winterbach, ayant été compromis naguère dans un de ces mouvements politiques qui témoignent de temps à autre que notre chère Allemagne fait des efforts pour sortir de l'ornière du passé, avait été obligé de s'expatrier. Après quatre années de séjour en Amérique, le désir de revoir sa patrie lui a fait braver tous les dangers, il est venu me demander l'hospitalité, attiré surtout par le voisinage de M. le conseiller, dont il aimait depuis longtemps la fille... Pendant ce temps, on sollicitait une amnistie pour lui.

— Tout est expliqué pour moi, du moment qu'il ne veut pas me ravir Cécile, dit Richard, la figure épanouie.

— Laissez-moi vous dire, mon ancien ami, fit Rodolphe en riant, que si vous aviez accueilli mes avances cordiales, au lieu de vous laisser dominer par une jalousie qui prouve une affection si profonde pour votre cousine, vous nous eussiez épargné à tous des démarches et des mystères, que l'incertitude de ma situation et la difficulté d'obtenir la main de ma chère Caroline, rendent plus obscurs encore.

— Certes, je n'aurais jamais donné ma fille à un proscrit, à un ennemi de l'État, dit le conseiller, car...

Rodolphe reprit bien vite, pour ne point laisser le bon M. Waechter s'embarrasser dans une longue dissertation politique :

— Ce billet dont vous avez retrouvé un fragment, par vous si mal interprété, mon cher Richard, a achevé de vous troubler l'esprit. Quant aux rendez-vous nocturnes dans le jardin, dans le petit bois, à la tour en ruines même, rien n'est plus simple : Caroline prenait un costume d'homme et mettait un masque pour éviter d'être reconnue. Je n'ai jamais été peintre, ce sont ces demoiselles qui cultivent cet art charmant.

— Mais ces portraits? dit Richard, auquel un soupçon revint au cœur, en souvenir de la toile renfermée dans la caisse qu'il avait ouverte.

— Méchant, ce portrait, c'est le vôtre, dit Caroline, notre chère Cécile le peignait de souvenir ; car comment fixer sur la toile la vilaine figure et les gros yeux que vous faites depuis quelque temps.

— Ne le tourmentez pas davantage, dit à son tour Cécile en riant, vous qui, pour le dédommager de ses souffrances, dont vous étiez bien un peu la cause, avez fait pour lui mon portrait si rapidement, et à la lumière de deux bougies dans la vieille tour.

— Je suis un grand enfant, dit Richard, enivré de tant de bonheur.

— Nous allons mettre ordre à tout cela, dit M. Winterbach d'un air qu'il voulait rendre grave et sévère, mais qui était tout paternel. Il tendit à son neveu un volumineux papier timbré.

C'était l'acte, en bonne forme, qui constituait en dot à Cécile, si elle épousait son cousin, cette exploitation rurale, dont Richard, depuis quatre années, avait, par son travail, presque doublé la valeur.

Le conseiller Waechter, qui avait pour un moment quitté la compagnie, afin de lire un pli cacheté aux armes du souverain, qu'un exprès venait de lui apporter, rentra, la figure tout épanouie.

— Rodolphe, dit-il, remerciez le prince ; pour votre cadeau de noces, il a daigné me nommer conseiller aulique.

— Quel festin je vais avoir à régler pour ces doubles fiançailles ! dit avec jubilation la bonne mère Winterbach.

— Que j'étais sot d'aller chercher le bonheur si loin quand il était si près ! dit Richard.

UNE

VENGEANCE POSTHUME

PAR

Madame L. Schücking.

BIBLIOTHÈQUE IMPÉRIALE

Il y a un mois, des affaires privées me conduisirent dans la partie catholique de la Westphalie, qui constituait autrefois l'évêché souverain de Munster. Obligé de séjourner dans une petite localité du pays, j'utilisais mes loisirs à m'initier aux mœurs de ces populations, longtemps séparées du reste du monde, intéressantes à plus d'un titre, et auxquelles notre civilisation moderne, grâce à Dieu, n'a pu encore infliger l'empreinte de son type uniforme, bien que l'établissement de la grande voie ferrée vers Berlin tende à ce résultat.

Une de mes excursions me valut l'histoire qu'on va lire. Elle me fut racontée par les principaux auteurs du fait, puis confirmée par un homme véridique et respectable à tous égards, par le curé du village, théâtre du drame dans lequel lui-même d'ailleurs avait joué un rôle : je donne ce récit, tel que je l'ai reçu, je n'en retranche et n'y ajoute rien. Libre au lecteur de chercher à expliquer ce que l'événement a de surnaturel, s'il lui répugne de l'admettre, comme les âmes naïves desquelles je le tiens, dans toute sa simplicité miraculeuse, et d'y voir une manifestation éclatante de la justice divine.

Le domaine de maître Bernard Moll, l'un des plus riches paysans de la contrée qui s'étend autour du village de Bockersheim, est situé près d'une belle et grande forêt domaniale, qui paraît avancer sa lisière touffue jusqu'aux portes même de l'habitation, tant sont puissants les chênes sous lesquels, à la mode westphalienne, la maison et ses dépendances cachent leurs longs toits à tuiles rouges.

Hâtons-nous de traverser l'enclos pour arriver à la cuisine, nous y trouverons deux des personnages dont nous avons à faire la connaissance. Là règne, en effet, Mme Jenna, la digne maîtresse de céans, qui, cinq fois par jour, réunit autour d'elle pour les repas, les valets et les filles de la ferme. Le paysan westphalien a l'appétit robuste. Dans ces moments où la besogne presse, car tout le monde doit être servi à la fois, la bonne femme ne manque jamais de regretter que le ciel ne lui ait pas donné pour aide une fille agile, au lieu d'un « grand vaurien de fils. »

Mais ce « grand vaurien » est tendrement aimé, et il le mérite bien, car c'est un brave garçon, de bonne mine, du meilleur cœur, infatigable à l'ouvrage, qui a pour sa mère une adoration d'autant plus absolue que, par la rudesse du père, ce fils a été obligé de reporter sur Mme Jenna seule, toutes les affections filiales dont son cœur déborde. Depuis quelque temps, cependant, ces marques d'attachement sont devenues moins expansives. Franz est préoccupé, rêveur, triste parfois; sa mère s'en inquiète et s'en tourmente. Aussi, a-t-elle résolu de connaître avant le soir même les secrets de son fils, ses chagrins peut-être, pour les dissiper ou les adoucir, selon le mieux de ses inspirations, par ces douces et insinuantes paroles qui sont la vraie force de la femme.

En ce moment même, où nous venons de surprendre la mère et le fils, Mme Jenna vient d'apprendre à son indicible effroi, que Franz aime, et qu'il aime Lisbeth, la fille du « *Koetter* » Pierre Hartmann.

Nous disons à son grand effroi, car il faut savoir que maître Bernard, le père de Franz, en vertu de l'antique coutume du pays, a droit de seigneurie sur dix « *Koetten* » ou métairies, dont les tenanciers sont vis-à-vis de lui dans une position semblable à celle que créait jadis le vasselage. Le « *Koetter* » tient de son « *maître* » une certaine étendue de terres, dont il paie le loyer, partie en argent, partie en prestations de travail. Or, maître Moll, peu aimé de ses tenanciers et peu digne de l'être, a pour l'un d'eux une haine profonde : ce « *Koetter* » n'est autre que Pierre Hartmann.

A la rigueur, la mère eût pardonné à Lisbeth d'être la fille d'un tenancier, bien que, d'après les idées locales, un tel amour lui parût tout aussi monstrueux que si un noble descendant des anciennes maisons catholiques du pays eût perdu son cœur devant les beaux yeux d'une bourgeoise protestante. Mais aller choisir précisément la fille de Hartmann !

Mme Jenna n'en revenait pas ; cette révélation la terrifiait.

Cependant, par égard pour les sentiments de son fils, elle s'abstint de lui manifester son étonnement un peu mêlé de mécontement, et se borna à appeler son attention sur les dangers de son amour.

— Il faut, lui dit-elle, tout attendre du temps et d'une éventualité que tu ne peux désirer sans crime. Surtout, que Lisbeth ne sache pas que tu m'as parlé ; il ne faut pas qu'elle me soupçonne instruite de votre affection réciproque, elle y puiserait des espérances qui ne peuvent se réaliser maintenant, et qui peut-être n'arriveront jamais à maturité. Car, tu le sais, ton père tuerait ta Lisbeth, plutôt que de la nommer sa fille et de la laisser entrer dans la maison.

— Hélas, je le sais bien, répondit Franz, et c'est là ce qui me désole. Quand le père de Lisbeth nous a intenté un procès au sujet de son expulsion de la ferme des Mathurins qu'il occupait autrefois, le mien ne m'a-t-il pas défendu de la manière la plus absolue d'aller visiter Lisbeth dans sa nouvelle métairie ?

— Et tu lui as désobéi ?

— Non, mère, Lisbeth et moi nous nous sommes rencontrés dans la forêt, par hasard d'abord, puis, régulièrement, tous les jours.

— Ah ! c'est donc pour cela que monsieur rendait de si fréquentes visites à la maison du maître forestier, ou qu'il prétextait le désir d'aller lire le journal chez M. le curé. Fi, fi!

A ces mots, Mme Jenna déposa la grande cuillère à crême qu'elle n'avait cessé de tenir en main, et vint s'asseoir près de son fils sur le banc placé sous le manteau de la cheminée.

— Franz, mon enfant, poursuivit-elle tristement, je vois qu'il est de mon devoir de t'expliquer d'où sont nées la grande colère et l'inimitié de ton père contre Hartmann, afin que tu comprennes bien toutes les impossibilités de la voie dans laquelle tu es engagé. Tu sais que lorsque ton grand-père et celui de Lisbeth vivaient encore, Pierre Hartmann servait comme domestique ici dans la ferme. Ton père, bien qu'il fût du même âge que Pierre, n'avait pas avec lui plus de rapports qu'il ne fallait. Tu sais qu'il n'aime pas les gens en dessous de lui ; ton grand-père m'a dit souvent que dès sa plus tendre enfance, son fils avait été fier et peu communicatif ; rude même aux pauvres ouvriers. Les punitions ne lui ont pas manqué, sans le corriger cependant. Hartmann, de son côté, n'avait pas non plus le caractère bien facile. Il était entêté, croyait savoir toute chose mieux que le maître, surtout quand il s'agissait de soigner les chevaux ; car il était valet d'écurie. De là des discussions continuelles entre ton père et lui. L'un n'en faisait qu'à sa guise; l'autre, au lieu de le reprendre doucement, l'injuriait et le maltraitait en paroles; à tout moment ton grand-père devait intervenir entre eux.

Cependant, en dépit de ses défauts, Pierre était un valet précieux, fidèle et attaché aux intérêts de son maître qui savait l'apprécier. Tu as connu ton grand-père, Franz, sévère parfois, mais juste aussi; c'était le seul homme sur terre qui imposât à ton père, et tu sais que lorsque le vieillard se fâchait, il faisait trembler bêtes et gens.

Un jour, il avait permis à ton père de se rendre à la foire voisine, et de prendre à cet effet le meilleur cheval de son écurie, car il voulait que son Bernard, son enfant unique, qu'il morigénait souvent, mais qu'il n'aimait pas moins avec tendresse, pût occuper le premier rang parmi tous ses compagnons. Or, ton père eut le tort de s'amuser un peu trop à la ville, et le soir était déjà venu, quand il sortit des portes, bien qu'il eût promis d'être de retour à l'heure du souper.

Il tint parole, mais sa pauvre monture sut à quel prix. Pierre Hartmann s'en douta également lorsqu'il conduisit le bon cheval à l'écurie et qu'il essuya l'écume, la poussière et la sueur qui couvraient les flancs pantelants de la bête. Il ne dit rien, cependant, quand, au souper, le maître lui demanda si Moro avait reçu sa double ration d'avoine.

Le lendemain matin, ton grand-père et ta grand'mère prenaient le café, en présence de ton père qui, avant de se rendre aux champs, recevait ses instructions pour le travail de la journée, lorsque Pierre entra et annonça sans préambule que Moro était en train de mourir.

— J'ai veillé toute la nuit auprès de la bête, dit-il, mais je n'y ai rien pu faire; not' jeune maître l'a trop éreintée hier, et, quand il m'a jeté la bride aux mains, j'ai prévu le malheur; jamais cheval n'a été abîmé ainsi!

Le vieux paysan s'élança vers l'écurie en criant avec violence à son fils de le suivre. Quand il vit réellement la meilleure bête de son écurie, son Moro, son favori, en proie aux derniers spasmes de l'agonie, sa colère ne connut plus de bornes; il se retourna vers ton père, et, en présence de Pierre Hartmann, il lui donna un violent soufflet.

Bernard souffrit cette rude correction sans mot dire; mais depuis ce temps il a persécuté d'une haine inextinguible celui qu'il considère comme un délateur. Le vieux Koetter, père de Pierre, mourut; celui-ci quitta le service de la ferme et reprit le bien des Mathurins pour le faire valoir à son tour. A la mort de ton grand-père, plusieurs années s'étaient écoulées depuis ces événements, Hartmann pouvait croire que son nouveau maître avait oublié le passé et ses griefs personnels. Il n'en fut rien. Le premier acte d'administration de ton père, fut d'enlever à son paysan les « Mathurins, » et de lui assigner « les Mares, » la plus mauvaise des dix « Koetten » du domaine. Là-dessus, plainte de Hartmann en justice.

Ayant perdu son procès, il en a appelé devant le tribunal supérieur. Ce sont là de nouveaux sujets de colère pour ton père, dont la haine s'est encore accrue. Cependant, je ne puis lui donner complètement tort. Pierre est trop entêté, ses procès n'ont servi qu'à le ruiner, lui et les siens; autrefois, son écurie possédait quatre vaches; elle n'en a plus une seule; il a dû vendre tout son avoir pour subvenir aux frais de ses poursuites judiciaires, qui n'aboutiront à rien; car, légalement, ton père a le droit d'agir comme il l'a fait. Mais c'est à quoi Hartmann ne réfléchit pas; il y met de l'obstination et de l'animosité, car ses actions s'inspirent plutôt du besoin de tourmenter et d'exciter ton père que du désir de rentrer en possession des « Mathurins. » Il sacrifie à ce sentiment sa femme et son enfant, et les expose à mourir un jour de misère et de faim.

En ce moment une voix bien connue retentit dans la cour de l'habitation. C'était celle du père, il revenait des champs ; la mère et le fils se levèrent effrayés. Quand Bernard Moll entra dans la cuisine, sa femme venait de la quitter en toute hâte, pour gagner la laiterie.

A première vue, nul n'eût deviné le caractère dur et tyrannique de l'arrivant. Il était grand et maigre, blond de cheveux, la barbe clair-semée, les traits agréables. Mais à une inspection plus détaillée, une bouche petite et fine, des lèvres minces et serrées, exagérant un type commun à la plupart des habitants du pays, un œil d'un bleu d'acier, aux regards tranchants, pareils à ceux du héron, un nez aquilin, à l'arête anguleuse, aux narines allongées, eussent dénoncé au physionomiste le moins expert que cet homme redouté des siens devait avoir en effet un caractère d'un orgueil et d'une ténacité inflexibles.

— Où est ta mère? dit-il d'un ton brusque à son fils.

— Elle vient de sortir, répondit Franz, non sans quelque embarras, baissant les yeux pour éviter le regard perçant de son père.

— Va-t'en à l'écurie, et dis à Christophe d'atteler la carriole. Il faut que j'aille en ville pour le procès de *Monsieur* Pierre Hartmann.

Bernard Moll se borna à prononcer ce nom et l'épithète qu'il y accolait avec un accent ironique, sans autrement manifester ses sentiments. Cependant, aux paroles de son père, Franz sentit son cœur se serrer sous une glaciale étreinte. Il sortit, et, bientôt après, le riche paysan, accompagné de son valet d'écurie, partit pour la ville, non sans avoir recommandé à Franz d'aller surveiller les ouvriers, plutôt que d'être toujours pendu aux jupes de sa mère.

Dès que Mme Jenna se vit seule, elle voulut mettre le temps à profit pour envoyer à quelques pauvres du voisinage de vieux habits, du pain, de la farine, du lard, mille choses dont elle pouvait se passer sans nuire aux intérêts de son ménage. Lorsque son mari était présent, elle n'osait se livrer à ses instincts généreux et compatissants. Quelque pauvre diable demandait-il l'aumône à Bernard, ce qui d'ailleurs était rare, celui-ci ne la refusait pas, mais c'était par ostentation, et pour ne pas se mettre en guerre ouverte avec les coutumes et traditions charitables du pays. Mais chez lui, dans son intérieur, loin de témoins, il prenait sa revanche et exprimait son mécontentement contre les mendiants qui ne savent vivre qu'aux dépens d'autrui, contre « la mère, » c'est ainsi qu'il appelait sa femme, qui le dépouillerait de sa maison et de ses terres, s'il ne la forçait de mettre un frein à d'inutiles libéralités.

Au commencement de leur union, il avait si souvent blâmé et raillé les bonnes qualités de Mme Jenna, que celle-ci en était venue à dissimuler ses charités. Les nécessiteux le savaient bien, leur premier soin était toujours de s'informer si « le maître » était à la maison. La réponse était-elle affirmative, les pauvres se hâtaient de partir; dans le cas contraire, ils s'adressaient à la « bonne dame dont la main était toujours ouverte. » La plus jeune servante de la maison, Clairette, était d'ordinaire la dispensatrice des dons de Mme Jenna. C'était elle qui était chargée de faire de temps en temps la ronde chez les visiteurs habituels de sa maîtresse, près de laquelle elle remplissait avec orgueil les secrètes fonctions d'aide de camp ou de premier ministre des charités secrètes.

C'est en cette qualité qu'en ce moment même elle se tient debout devant Mme Jenna. A son gros bras rouge et potelé est suspendu le « panier des pauvres, » grande corbeille en osier, telle qu'on l'emploie à cet usage dans le pays, et qui a la forme d'une coquille de noix avec une anse en demi-cercle. Mme Jenna emplit cette corbeille d'objets divers, en ayant bien soin de répéter à différentes reprises les noms des heureux auxquels elle destine ces dons.

En ce moment, quelqu'un heurte discrètement à la porte de la chambre où les deux femmes sont occupées, et bientôt une tête aux traits hâves et flétris se montre avec timidité dans l'entrebâillement.

— Ah! c'est vous, Thérèse! Que voulez-vous? Entrez. Notre homme est parti pour la ville. Mais entrez donc, répète Mme Jenna d'un ton amical.

Thérèse est la femme du Koetter Pierre Hartmann, la mère de Lisbeth.

— J'ai vu passer le maître, sinon je n'aurais pas osé venir, dit la femme en se laissant tomber sur une chaise, en proie à un grand chagrin, comme le prouvaient assez les larmes qui inondaient sa figure.

— Pour l'amour de Jésus, qu'avez-vous donc à pleurer ainsi? demanda avec intérêt Mme Jenna en faisant signe à Clairette de quitter la chambre et de les laisser seules; un malheur est-il arrivé à votre fille?

La femme sanglotait. Elle était hors d'état de répondre et se borna à faire un signe négatif.

— A votre mari, alors?

— Il est mort, s'écria Thérèse, se cachant la figure et s'abandonnant à une douleur convulsive.

—Jésus, Maria. Comment cela? Subitement?

Il se passa quelque temps avant que Thérèse ne fût en état de répondre. Enfin, elle retrouva un peu de calme, et dit :

— Aujourd'hui, de grand matin, il est monté sur le toit de la maison pour y détruire un nid de pies; ces oiseaux mangeaient toutes nos cerises. Vous savez que nous nous plaignons depuis bien longtemps du mauvais état de notre toit, qui menaçait ruine, mais le maître n'a garde de faire réparer quoique ce soit chez nous; le toit pouvait impunément nous écraser, ce lui eût été une bonne nouvelle. Maintenant, voilà ses désirs exaucés.

— Votre mari est-il tombé du toit? demanda la maîtresse d'une voix tremblante, les joues pâles, les larmes aux yeux.

— Oui, et avec lui la poutre pourrie à laquelle il se retenait. Il est mort sous le coup. Je viens de chez M. le curé. Il connaissait déjà mon malheur; le barbier que Lisbeth avait immédiatement appelé le lui avait appris.

— Et qu'a dit M. le curé?

— De laver et d'habiller le cadavre. Il m'enverra ce soir un cercueil, et viendra lui-même demain pour enterrer mon mari aux frais de la caisse des pauvres.

— C'est, en effet, tout ce qui reste à faire, dit la femme.

— Hélas, reprit son interlocutrice en hésitant, M. le curé m'a dit d'habiller proprement mon mari; or, nous ne possédons plus une seule chemise, plus une seule pièce de toile! Ces malheureux procès nous ont tout pris!

— C'est donc une chemise qu'il vous faut pour votre défunt? dit Mme Jenna en posant sa main sur l'épaule de la pauvre affligée. Puis sans attendre la réponse, elle passa dans la pièce voisine.

La malheureuse femme du tenancier, absorbée dans ses douloureuses réflexions, ne s'aperçut pas que sa maîtresse tardait à revenir. La bonne femme était allée chercher une chemise de son mari, et, par un sentiment de délicatesse facile à comprendre, elle en avait ôté le nom de Bernard qui s'y trouvait marqué.

— Désirez-vous encore quelque chose, Thérèse? dit-elle en donnant la chemise.

— Merci, notre maîtresse, dit celle-ci, pour le reste nous avons ce qu'il nous faut. Et elle se leva pour partir.

— Attendez donc, attendez, fit Jenna en l'obligeant à se rasseoir. Puis elle alla vers une petite armoire placée dans un coin de la chambre, et l'ouvrit à l'aide d'une des nombreuses clefs du trousseau qui tintait à ses côtés, pendu aux cordons de son tablier.

Après y avoir pris une antique cassette à fermoirs en cuivre, qui fut soigneusement remise en place, elle revint vers la tenancière et lui dit avec un peu d'embarras :

— Vous savez, Thérèse, que mon homme enferme tout son argent. Mais voici une pièce étrangère qu'il m'a donnée la première année de notre mariage, un juif m'en a offert un jour vingt francs ; faites la vendre par Lisbeth, je sais que vous en aurez besoin. Allons, allons, ne me refusez pas cela.

A ces mots, Jenna glissa la pièce d'or dans la

poche du tablier de Thérèse, qui se défendait d'accepter le don. Puis elle vit partir la pauvre créature et la suivit longtemps des yeux. N'était-elle pas là mère de Lisbeth ?

Au coup de sept heures, la cour de la ferme s'anima. Les ouvriers à la journée, les valets et les servantes rentrèrent des champs avec les charrues et les herses, attelées des chevaux de labour. Franz aussi revint, et demanda aussitôt où était sa mère. Quand il l'eut trouvée, il lui dit d'un ton plein d'anxiété :

— Mère, mère, comprends-tu ce que cela signifie ? Lisbeth, toujours si exacte, n'est pas venue de toute la journée à la maison du garde. J'y ai bien été cinq fois cet après-midi.

Mme Jenna raconta alors le malheur qui avait frappé la famille du tenancier. Franz en fut profondément affecté. Il fallut les vives et tendres instances de sa mère pour l'engager à s'asseoir à la table commune, où les domestiques prenaient leur repas du soir. La place du maître seule resta vide, la nuit vint que Bernard n'était pas encore rentré. Mme Jenna se retira en donnant ordre à l'un des valets de veiller dans la cuisine. Mais Franz voulut absolument se charger de ce soin. Il sentait qu'il ne dormirait pas de la nuit. Il lui semblait toujours qu'il devait partir, aller trouver Lisbeth, la consoler et partager ses peines, avouer hautement son amour.

Sa mère lui fit promettre de se maîtriser et de ne rien laisser paraître de sa douleur devant le père; il est probable que Franz n'eût pu réussir à tenir sa promesse; heureusement, Bernard ne rentra pas de la nuit. Il n'arriva que le lendemain à neuf heures du matin. Sa femme alla à sa rencontre jusqu'à la barrière qui fermait l'entrée de la cour intérieure. Elle fut peu satisfaite de la physionomie de son mari. Elle était sombre et chargée de nuages. Bernard ne répondit rien à la question de sa femme sur le motif de sa longue absence, et, descendant de voiture, il se fâcha contre le domestique, qui avait mal attelé les chevaux. Mme Jenna, s'adressant alors à Christophe, lui répéta sa question.

— Le timon s'est cassé près de Glandorf, répartit celui-ci; le forgeron a voulu le raccommoder sur-le-champ, mais l'ouvrage a pris du temps et nous avons dû passer la nuit à l'auberge. Le timon n'a pu être remis que ce matin.

— Veux-tu déjeuner, notre homme? demanda Mme Jenna à son mari, dont les yeux gonflés et légèrement rougis lui disaient qu'il avait bu à Glandorf, contrairement à ses habitudes et sans doute pour tuer l'ennui du temps perdu.

— Sans doute, fut la courte et sèche réponse.

Elle le suivit jusqu'à la cuisine, et lui apporta du pain et du jambon, du fromage et du beurre.

— Pourquoi ne me donnes-tu pas à boire? demanda-t-il, en mangeant sans la regarder.

— Parce que je voudrais ne te donner que de l'eau, dit-elle sans bouger de la place, et que j'ai des choses importantes à t'apprendre.

— Des choses importantes; quoi donc?

— Pierre Hartmann est mort.

— Hein! s'écria Bernard, en ouvrant de grands yeux effarés.

La femme raconta le malheur arrivé à Pierre Hartmann. Son mari l'ayant écoutée sans manifester le moindre sentiment hostile, parce que la mort subite du métayer l'avait frappé de stupeur, elle crut le moment opportun de lui faire connaître le don fait à Thérèse.

Il se leva d'un bond, furieux, exaspéré, hors de lui :

— Comment, une de mes chemises! une de mes chemises à ce chien, à ce misérable! Et il avait saisi Mme Jenna par l'épaule et la secouait rudement. Mais celle-ci s'arracha de ses mains, et, sérieusement indignée à son tour d'une telle persistance d'animosité sauvage, elle s'écria :

— A quoi bon ces cris et qu'y puis-je maintenant ? Il l'a au corps. Ne faudrait-il pas aller la lui reprendre ?

— C'est ce que je vais faire, et sur-le-champ, répliqua le fermier avec la violence entêtée qui lui était propre, et que les copieuses libations du matin n'avaient pu qu'exalter.

Le cœur de Jenna se brisa à cette parole. Elle essaya d'avoir recours à la douceur, à la prière.

— Pour l'amour de moi, dit-elle ; c'est la première fois depuis les vingt années de notre mariage que je te parle ainsi ; pour l'amour de moi, reste ici, je t'en supplie ; laisse au mort ce que je lui ai donné.

Elle avait pris le bras de son mari, essayant de le retenir ; mais il ne voulut rien entendre, et, l'accablant d'une injure grossière et d'un juron impie, il s'élança hors de la maison, à travers la cour, dans la direction de la demeure du métayer. Jenna n'avait plus qu'un espoir, c'est que son mari s'émouvrait à l'aspect du cadavre. Elle appela son fils, et tous les deux suivirent Bernard en toute hâte.

L'unique et misérable chambre de l'habitation de Pierre Hartmann avait été ornée comme il convenait pour le peu d'heures que son ancien locataire avait encore à rester sur terre. Un grand lit, dont des rideaux en cotonnade à carreaux rouges et blancs cachaient mal l'état délabré, avait été repoussé dans un coin; quelques images de saints, entourées de rameaux verts, interrompaient la nudité des murs en terre glaise, mal recrépis, et montrant à certaines places les bâtons entrelacés qui servaient de squelette à leur plâtrage; enfin, sur la table boîteuse, qui formait avec quelques chaises brisées ou dépaillées l'unique mobilier de ce triste séjour, était placée une grande cruche en grès, remplie de branches de verdure et de fleurs des bois, emprunt gratuit fait à la forêt voisine. Le sol en terre battue était couvert de sable blanc. On avait placé le cercueil, quatre planches en sapin, au fond de la pièce, sous une des fenêtres tamisant une lumière parcimonieuse à travers ses petites vitres verdâtres, enchassées dans des losanges de plomb.

Dans la bière était étendu le cadavre du métayer; les mains jointes retenaient un crucifix posé sur la poitrine; tout autour, se dressaient douze chandeliers en zinc dans lesquels se consumaient des chandelles dont la flamme terne et rougeâtre et l'âcre fumée répandaient une odeur nauséabonde. Mais tout ce cadre d'indigence disparaissait et s'oubliait à l'aspect poignant d'une jeune fille, agenouillée aux extrémités inférieures du cercueil, et qu'on eût pu croire privée de vie, si parfois des tressaillements nerveux n'étaient venus prouver qu'une âme se brisait dans ce corps frappé d'atonie.

C'était Lisbeth, l'enfant unique du métayer.

La taille élancée et souple de la jeune fille se cachait sous un châle en laine noire, jaunie par l'usage, dernier débris de l'aisance d'autrefois; ses beaux cheveux d'un blond de paille, relevés sur le sommet de la tête sous un petit bonnet carré, tel que le portent les femmes du pays, retombaient sur la nuque en un bourrelet arrondi. Si misérable que fût ce costume, il n'enlevait rien à la grâce native de la jeune paysanne; on eût dit une fée, une « elfe » ayant quitté son royaume humide, ses grandes mares couvertes de verdure au sein des bois profonds. Son visage, qui conservait encore dans ses traits je ne sais quoi d'enfantin, reposait sur ses mains jointes pour la prière, et de grosses larmes coulaient à travers ses doigts, tombant une à une sur les pieds du cadavre mal recouverts d'un suaire en toile grisâtre.

Elle ne priait pas cependant, elle s'accusait; amers et saints regrets :

— Père, père, murmurait-elle, demande à Dieu qu'il me pardonne de t'avoir donné si peu de contentement. Depuis que tu n'es plus, j'ai le cœur gros de remords, il me semble que j'aurais dû prendre une plus grande part aux chagrins qui te rongeaient l'âme. Notre mère n'avait souvent contre toi que des plaintes et des reproches, c'eût été mon devoir alors de te consoler par de bonnes paroles; tu croyais bien faire; j'aurais dû aviser avec toi à combattre la misère commune, calmer tes colères par de douces caresses, te réconcilier avec l'inévitable destinée! Hélas, hélas, je n'avais de pensées que pour Franz, je ne songeais qu'aux heures passées avec lui, à celles où il me serait possible de le revoir; j'étais heureuse, gaie, contente, tandis que tu te mourais de misère, de rancunes et de soucis enfiévrés. Oh! je sais que j'ai péché, — c'est sans doute pour me réveiller de mes rêves coupables que Dieu m'a envoyé la cruelle épreuve de te perdre et de te voir mourir si tristement, sans un dernier baiser de ta fille; je veux m'en repentir tout le long des jours qui me restent encore à vivre, — je le jure ici par ton cercueil, j'enterrerai mon amour avec ton cadavre, — je ne le reverrai plus, lui, — nous quitterons cette maison maudite avant que « le maître » ne nous en chasse. Oui, oui, dès demain, père !

Des sanglots brisés étouffèrent les paroles de la pauvre enfant, qui se reprochait son bonheur et son amour, comme si réellement elle eût été coupable. Sa résolution était sincère ; elle voulait aller s'établir avec sa mère dans la ville voisine, chez une vieille cousine qui tenait une petite boutique de fruits près du marché, et qui depuis longtemps lui avait offert, pour les jours de détresse, une place derrière son comptoir, avec la perspective de lui succéder un jour. En attendant, elle espérait se rendre utile par quelques travaux de couture, dans lesquels elle était très-habile, et gagner de quoi subvenir aux besoins de sa mère. N'était-ce pas elle, d'ailleurs, qui depuis longtemps soutenait de cette manière le ménage paternel ? Quant à Franz, elle ne le verrait plus, mais elle lui écrirait, cette nuit même, en veillant le cadavre, avant qu'on ne vînt l'emporter pour l'ensevelir dans sa dernière demeure.

Lisbeth fut arrachée à ses rêves par un pas rapide qui se rapprochait de la maison. Son cœur battait, elle craignait et espérait en même temps que ce ne fût Franz. Puis elle entendit sa mère arrêter quelqu'un devant la porte ; une discussion de plus en plus violente parvint jusqu'à elle, mais elle ne distinguait que la voix de sa mère et celle du « maître » tant redouté.

Les deux interlocuteurs étaient maintenant près de l'entrée ; Lisbeth fut prise d'une indicible terreur ; elle se disait que tout était découvert et que la colère du « maître » allait éclater sur elle. Vaincue à l'avance, elle voulut se sauver, et se jeta derrière les rideaux du lit. A peine les plis en retombaient-ils sur elle, que Bernard Moll fit sauter la porte d'un coup de pied et pénétra dans la chambre.

Lisbeth, qui se sentait défaillir, entendit Thérèse dire :

— Oui, maître, le voilà, je lui ai mis votre chemise, arrachez-la lui vous-même, si vous l'osez devant Dieu ! je ne la lui ôterai pas, ni moi, ni qui que ce soit !

Le fermier ne daigna pas répondre ; d'un pas ferme et insolent, il marcha vers le cercueil ; et, renversant les chandeliers qui lui barraient le passage, il se pencha vers le mort et lui saisit la main pour lui enlever son vêtement funèbre.

— Je ne veux pas, dit-il, que tu emportes dans ta tombe, mon bien, à moi; entends-tu, infâme voleur!

Lisbeth, oubliant sa frayeur à l'aspect de l'horrible profanation qui allait se commettre, se précipita vers sa mère, dont l'œil vitré et atone suivait avec stupeur la violation du saint repos des trépassés. En ce moment la porte s'ouvrit avec précaution, Mme Jenna et Franz parurent. Quand celui ci vit quel était le dessein de son père, il voulut se précipiter sur lui pour en arrêter l'exécution, mais un cri terrible poussé par Bernard le cloua au sol.

— Lâche-moi, lâche-moi, hurlait le misérable, se laissant choir à genoux, livide d'effroi et d'épouvante.

Franz, Thérèse et sa fille se jetèrent en avant.

Ils virent alors, à n'en pas croire leurs yeux, que le mort, dont les traits contractés n'avaient rien perdu de leur raideur cadavéreuse, avait cramponné sa froide main autour de l'avant-bras de son ennemi sur lequel il fixait des yeux sans vie, démesurément ouverts.

Le profanateur essayait, mais en vain, de s'arracher à cette horrible étreinte, ses bonds et ses secousses ne parvenaient qu'à soulever dans sa couche le lourd cadavre de son métayer.

Franz, surmontant ses terreurs, ému des cris déchirants que son père ne cessait de pousser, voulut lui venir en aide. Ses efforts échouèrent. Les doigts du mort étaient serrés convulsivement, comme des crampons en fer, autour du bras raidi de son ennemi.

Thérèse était tombée à genoux.

— Merci ! oh merci ! mon Dieu, de l'avoir ainsi puni, disait-elle ; non, non, tu n'abandonnes pas le malheureux, et ta main sévère s'appesantit sur qui te brave !

A ces mots, la fureur du paysan reprit le dessus sur son premier saisissement. Elle ne connut plus de bornes. Se levant d'un coup, il enleva à moitié hors [de la bière le cadavre du métayer, dont la main resta soudée à son bras.

— Prends un couteau, Franz, s'écria-t-il enfin dans le paroxysme de son exaltation, voyant que tous ses efforts pour se détacher étaient impuissants, prends un couteau, coupe-lui le poing !

Franz bondit en arrière.

— Que le Ciel ait pitié de vous, mon père, n'exigez pas de moi pareil crime. Je vais chercher le curé. Ses prières vous sauveront peut-être.

Épuisé, le fermier retomba à genoux.

— Hâte-toi, dit-il, hâte-toi, ma tête s'égare!

Franz se précipita hors de la maison dans la direction du presbytère. Mme Jenna, Thérèse et Lisbeth s'agenouillèrent à la tête du cercueil, laissant courir les grains du rosaire entre leurs doigts.

La figure de la veuve resplendissait. Ce n'était pas l'humilité qui régnait sur son front, pendant qu'elle priait ainsi. Non; ses traits flétris par le chagrin et la misère, rayonnaient de joie, du suprême bonheur de la haine satisfaite après de longues années d'oppression. C'étaient des actions de grâce qu'elle rendait.

Lisbeth, au contraire, plus pâle que le cadavre, n'éprouvait nul sentiment de satisfaction; son cœur ne savait que frémir à la vue de cette dernière manifestation de la vie transportée jusque dans le domaine de la mort. Elle conjurait l'esprit de son père de renoncer à sa colère et d'avoir pitié de son ennemi dompté.

Le fermier ne paraissait plus avoir qu'une idée fixe, c'était de se détacher de cette étreinte dont le froid glacial lui remontait jusqu'au cœur et en arrêtait les pulsations. Mais plus la main restée libre s'efforçait de détacher les doigts raidis du cadavre, plus ceux-ci paraissaient lui serrer le bras. Il ne lui resta donc plus qu'à attendre dans un morne abattement l'arrivée du curé.

Celui-ci tarda longtemps, car il y avait loin jusqu'à sa demeure, une demi-lieue au moins. Il vint à la fin, revêtu de ses habits sacerdotaux, accompagné de deux jeunes enfants portant les flambeaux, l'eau bénite et le goupillon, suivi du bedeau, du chirurgien et de Franz. Derrière eux venaient les oisifs du village, auxquels le prêtre enjoignit de s'arrêter dans la cour.

Le curé était un homme jeune encore, à la figure intelligente, aux traits réguliers et graves. Il s'avança solennellement vers le cercueil, les deux enfants marchant devant lui, et, se plaçant en face du paysan, de l'autre côté de la bière, il l'appela d'une voix sonore :

— Maître Bernard Moll !

Le fermier, toujours agenouillé, releva la tête, qu'il avait tenue baissée, mais il ne répondit pas.

— Bernard Moll, tu as péché envers Dieu et envers ton semblable. Dieu t'a frappé de sa colère redoutable, tu peux mesurer ton crime à la grandeur du châtiment. Lui qui parle rarement aux yeux de son peuple, a été vaincu dans sa longanime patience par l'audace de tes forfaits, et sa justice s'est manifestée envers toi dans un enseignement terrible pour tous ceux qui se complaisent dans une haine insatiable.

Le fermier voulut parler, car son orgueil, terrassé mais non vaincu, se révoltait à la pensée que cette scène avait des témoins, mais le prêtre lui imposa silence, et lui dit avec autorité :

— Je sais tout. Votre femme et votre fils ne m'ont rien laissé ignorer.

La tête du coupable retomba sur sa poitrine. Quant au prêtre, il se pencha vers le métayer, il croyait que celui-ci n'avait été qu'en léthargie, et que, se réveillant, il avait saisi la main du fermier, dont les violences l'avaient rappelé à la vie. Il fit un signe au chirurgien, avec lequel il avait déjà causé avant de quitter le presbytère, et, s'écartant du cercueil, il adressa quelques paroles de consolation à Lisbeth, à genoux près de lui.

Le chirurgien ouvrit sa trousse, prit une lancette et piqua le bras étendu du métayer, à l'endroit même du pouls. Mais le sang ne coula pas, et, après une longue pause, pendant laquelle il observa attentivement la face du défunt, il dit :

— Cet homme est bien mort !

Personne ne répondit à cette phrase ; car personne, hormis le chirurgien et le curé, n'avait mis le fait en doute; encore ce dernier ne pouvait-il exprimer cette opinion en présence de ses paroissiens, pour lesquels le miracle n'avait jamais été douteux.

— Docteur, dit le fermier d'une voix sourde, coupez la main au cadavre. A tout prix, mille francs, plus, si vous voulez; vous ne vous en repentirez pas.

Le chirurgien barbier regarda le curé, mais celui-ci secoua la tête.

— Dix mille francs, poursuivit l'autre.

— Je n'ose pas, fit le barbier en soupirant.

— Taisez-vous, Moll, dit le curé, il ne convient pas de se soustraire aux punitions divines autrement que par d'humbles prières et de pieuses soumissions. Je resterai à vos côtes dans cette épreuve, jusqu'à ce que nos communes instances aient calmé la juste colère de Dieu et obtenu votre grâce. Repentez-vous de vos nombreux méfaits à l'égard du défunt, repentez-vous en de toutes les forces de votre cœur, promettez de réparer autant que possible le passé, en vous chargeant de la veuve et de l'orpheline de votre métayer, et je ne doute pas que le Seigneur, dont la bonté est infinie, n'ordonne au défunt de vous laisser aller.

Priez-le de vous rendre la liberté en retour de vos regrets et de la promesse d'un meilleur avenir.

— Je ne puis me repentir, dit avec entêtement le fermier. Mon métayer m'a trop offensé.

Il se fit un silence pénible dans la chambre. Le curé voulut partir, alors Bernard fit un effort sur lui-même et dit d'un ton sombre et mécontent :

— Que Jenna parle pour moi !

Sa femme le regarda comme pour entendre la confirmation de ces paroles. Mais Bernard ne leva pas les yeux. Alors elle réfléchit un moment,—elle était évidemment sous l'action d'une inspiration soudaine,—ses traits se couvrirent d'une sainte expression, telle qu'on n'en lit sur la face de l'homme que lorsque l'esprit de Dieu le visite.

— Tiendras-tu, Bernard, ce qu'en ton nom je promettrai au mort?

— Je le tiendrai. Je n'ai jamais manqué à ma parole.

— Alors, que Dieu m'aide et m'assiste, dit Jenna, pâle, mais le regard décidé.

Elle fit lever son fils et Lisbeth, et, se plaçant en face du cadavre, au bas bout du cercueil, entre les deux enfants, elle dit d'une voix tremblante, au timbre voilé par l'émotion :

— Pierre Hartmann, écoute ce que je vais te

dire. Par le Dieu tout puissant, qui règne sur les vivants et sur les morts, je te supplie et te conjure de retirer ta main de ton maître. Si tu fais ainsi, je t'en récompenserai en ta fille unique,—je te le promets ici solennellement, au nom de mon mari et au mien, en présence de tous ceux qui m'entendent, — avant qu'il soit un an, Lisbeth sera ma fille et la femme de mon fils.

A mesure qu'elle parlait,— ce n'était pas une illusion, — les doigts décharnés du mort se détachèrent un à un du bras du fermier, et la main retomba lourdement sur le bord de la bière.

Aussitôt qu'il se sentit libre, Bernard bondit vers la porte, l'arracha de ses gonds et disparut dans la campagne, laissant derrière lui les assistants de ce drame, semblables à des statues de l'épouvante.

Le curé fut le premier à reprendre l'usage de ses sens, puis Jenna. Elle éclata en sanglots, et, montrant les jeunes gens, elle dit au prêtre :

Puisse ce malheur les rendre heureux !

Lisbeth tremblait comme un roseau secoué par les tourbillons de l'orage; elle cacha sa figure couverte de larmes dans le sein de sa mère, abandonnant sa main à son fiancé. Quand elle leva les yeux, le douloureux sourire qui couvrait ses lèvres tressaillantes paraissait dire : Ayez pitié de moi ; à côté du cadavre de mon père, je ne puis encore vous dire ce que mon cœur ressent.

Franz et Lisbeth sont mariés et heureux. Maman Jenna et Thérèse vivent avec eux et gâtent à qui mieux mieux leurs petits-enfants. Quant à Bernard, la vengeance de son métayer le poursuit encore. Il se croit enchaîné au cadavre de son ennemi, et le caractère furieux de sa maladie a nécessité sa réclusion dans une maison de fous.

FIN.

BIBLIOTHÈQUE IMPÉRIALE IMPR.

LITTÉRATURE ITALIENNE.

LITTÉRATURE ESPAGNOLE.

INV

Y2

CONDITIONS.

Les souscripteurs reçoivent, *franco*, tous les 15 jours, un charmant volume in-18, format anglais, beau caractère, beau papier, et contenant la matière d'un volume ordinaire.

Pour ceux qui souscrivent maintenant, chaque volume ne coûte que *soixante-quinze centimes*; ceux qui souscriront plus tard, paieront le volume *un franc* *.

Les trois séries, composées de 12 volumes, forment une demi-année complète.

On ne souscrit que pour une série de 12 vol.

On ne paie rien d'avance, chaque volume se paie à sa réception.

Les 12 volumes formeront trois séries d'ouvrages complets.

Aucun ouvrage, aucun volume ne se vend séparément.

Le premier volume vient de paraître, les autres suivront de quinze en quinze jours.

On souscrit dans toutes les principales maisons de librairie *de la Belgique et de l'étranger*.

Un volume abîmé ou égaré est remplacé au prix de fr. 1-25.

Toutes les réclamations, avis, etc., doivent être adressés *franco* à l'éditeur.

Les souscripteurs qui paieront le volume *un franc* ne recevront pas leurs volumes *franco*.

* Pour l'étranger, le prix varie en raison des distances et des traités internationaux.

...RATURE

LITTÉRATURE PORTUGAISE.

www.ingramcontent.com/pod-product-compliance
Ingram Content Group UK Ltd.
Pitfield, Milton Keynes, MK11 3LW, UK
UKHW020317180726
13839UKWH00001B/484